CARRÉS CLASSIQUES

Collection COLLÈGE dirigée par
Cécile de Cazanove
Agrégée de Lettres modernes

Honoré de Balzac

Adieu

1830

Texte intégral

Édition présentée par
Annie Le Fustec
Agrégée de Lettres classiques

Nathan

Sommaire

Avant la lecture

Lire Adieu

ISBN : 978-2-09-188442-4

Après la lecture

Autre lecture

Dossier central images en couleurs

Ary Scheffer (1795-1858), *La Retraite de Russie*, huile sur toile, musée de la Vie romantique, Paris.

Avant la lecture

Qui êtes-vous, Monsieur de Balzac ?

Que faites-vous en 1812, pendant la campagne de Napoléon Ier en Russie ?

En 1812, j'ai 13 ans. Mes parents habitent Tours, où je suis né. Ils m'ont mis en pension au collège de Vendôme. J'y suis malheureux, loin de ma mère et de mes sœurs. En 1814, ma famille s'installe à Paris ; j'y fais **des études de droit** tout en travaillant chez des notaires. Mais je désire déjà **devenir écrivain**. Mes parents acceptent que je vive seul à Paris, ils me versent une petite rente, et je me consacre entièrement à l'écriture.

Parlez-nous de vos premières tentatives littéraires.

J'écris d'abord des essais philosophiques, des pièces de théâtre, puis des romans que je signe sous des pseudonymes. En même temps, j'essaie de lancer une maison d'édition, puis une imprimerie, mais ces entreprises échouent, me laissant de lourdes dettes...

Je suis heureusement soutenu moralement par des femmes aimantes – mes sœurs Laure et Laurence, et mes maîtresses, Laure de Berny, la duchesse d'Abrantès, et beaucoup d'autres. Grâce à elles, je fréquente les salons, les milieux littéraires. Je collabore à des revues et des journaux, dans lesquels **je publie des nouvelles** – comme ***Adieu***, dans *La Mode*, en **1830**. Mes premiers grands succès de romancier ont été *La Peau de chagrin*, en 1831, puis *Louis Lambert, Le Médecin de campagne, Eugénie Grandet*.

Pourquoi regroupez-vous vos œuvres sous le titre de *La Comédie humaine* ?

Dès 1830, j'envisage de classer mes récits en deux ou trois ensembles. En

1833, j'ai l'idée de **faire réapparaître les mêmes personnages** dans plusieurs romans. Puis je décide d'organiser mes récits en trois séries : *Études de mœurs, Études philosophiques, Études analytiques*. Je trouve en 1842 le titre définitif : ***La Comédie humaine*** car je veux peindre et expliquer **toute la société de mon temps**, en créant une multitude de personnages et d'histoires qui se croisent comme dans la vie réelle. Dans mon projet initial, il doit y avoir 137 romans et des milliers de personnages...

Comment avez-vous l'habitude de travailler ?

Je mène une vie mondaine coûteuse et bien remplie, j'ai sans cesse des dettes à payer et je suis souvent en retard pour la remise des manuscrits. Il me faut donc **travailler énormément** : en général, j'écris mes œuvres de minuit à 8 heures du matin, avec ma chère cafetière-veilleuse à portée de main. Jusqu'à 17 heures, je rédige des lettres, je corrige des manuscrits, des épreuves... Corrections minutieuses, bien fatigantes pour les typographes – et j'exige parfois dix versions d'un roman, avant de donner le bon à tirer !

Votre vie personnelle est-elle heureuse ?

J'ai une existence animée et variée. J'aurais bien aimé être riche – j'adore les beaux meubles, les bibelots, les vêtements luxueux – mais en fait je dois payer des créanciers ou les fuir ! J'adore mes sœurs et j'ai des maîtresses pleines d'attention. Je suis surtout « accompagné » par **madame Hanska**, « l'Étrangère », une comtesse russe avec qui j'échange dès 1832 des centaines de lettres. Nous nous voyons quelquefois en Suisse ou en Autriche. Après la mort de son mari, je passe plus d'un an chez elle, et finalement **nous nous marions** en 1850. Mais je reviens à Paris très fatigué et gravement malade. ■

Balzac est mort en août 1851.

La France au temps de Balzac

La vie de Balzac couvre une période de grands changements historiques et politiques.

◆ La période napoléonienne (1799-1815)

1799, année de naissance de Balzac, est l'année du coup d'État de Napoléon Bonaparte, qui instaure le Consulat. Cinq ans plus tard, Napoléon Ier devient l'empereur des Français. Cette période est marquée par les **guerres napoléoniennes** qui visent la conquête de toute l'Europe.

« La campagne de Russie : un désastre. »

La **campagne de Russie**, commencée en juin 1812, met les armées de l'empereur face à la sixième coalition. Elle tourne au désastre. Soldats et chevaux souffrent de la faim et de la soif, de la canicule puis d'un froid précoce. On estime les pertes à deux millions de morts russes et français. Seuls 20 % des soldats rentrent en France.

Les alliés entrent à Paris en août 1814. Napoléon abdique, remplacé par Louis XVIII. Depuis l'île d'Elbe, il parvient à revenir en France pour les Cents-Jours : l'aventure se termine par le désastre de **Waterloo** (1815), qui met fin à l'Empire.

◆ Les monarchies constitutionnelles (1815-1848)

Pendant la **Restauration** (1815-1830), Louis XVIII puis Charles X règnent, mais la monarchie est désormais constitu-

Naissance de Balzac

Les Chouans

1799 Consulat 1804 Premier Empire 1812 1815 La Restauration 1829

Campagne de Russie

Bataille de Waterloo

tionnelle : le pouvoir du roi est limité. En 1830, après les Trois glorieuses (27-29 juillet), les Bourbons sont remplacés par la famille d'Orléans.

Pendant la **Monarchie de Juillet** (1830-1848), Louis-Philippe d'Orléans, roi des Français, tente de trouver un juste milieu entre royalistes et républicains. De nombreux conflits politiques éclatent. Des émeutes populaires provoquent la chute de la royauté et l'instauration de la **Deuxième République** en 1848.

◆ France bourgeoise et France romantique

La première moitié du XIXe siècle voit l'**ascension de la bourgeoisie**. Cette nouvelle classe cherche à imposer ses valeurs : libéralisme politique et économique, défense de la propriété, culte de l'argent. La France s'industrialise peu à peu, les sciences et les techniques connaissent des progrès spectaculaires (électricité, machine à vapeur, photographie, médecine, etc.). La Bourse permet de gros profits. Dans le même temps, l'exode rural s'accentue, et la misère urbaine explose : en 1840, sur 35 millions d'habitants, la France compte 8 millions de pauvres.

Une partie de la jeunesse rêve toutefois à une existence moins matérialiste et exalte l'énergie individuelle, la liberté et l'audace artistiques.

« Des aspirations à un monde nouveau. »

Peintres (Delacroix), poètes et dramaturges (Lamartine, Vigny, Musset, Hugo), romanciers (Stendhal, Hugo) expriment les **aspirations « romantiques »** à un monde où les passions trouveraient à s'épanouir. Balzac partage ces idées, mais il s'inscrit aussi dans ce qui deviendra le **courant réaliste**, quand il décrit en détail la société de son temps. ■

1830	*La Monarchie de Juillet*	*Adieu* ; Trois Glorieuses
1831		*La Peau de Chagrin*
1833		*Eugénie Grandet*
1834		*Le Père Goriot*
1848	*IIe République*	
1851	*Second Empire*	Mort de Balzac ; Coup d'État de Napoléon III

Qui sont les personnages ?

Philippe de Sucy

Officier des armées napoléoniennes, il s'est sacrifié pour faire traverser la Bérésina au général de Vandières et à son épouse, dont il est amoureux. Après avoir passé six ans de captivité en Sibérie, il la retrouve, muette et amnésique.

➨ *Parviendra-t-il à lui rendre la mémoire et à retrouver son amour ?*

Stéphanie de Vandières

Épouse du comte de Vandières, mais amoureuse de Philippe de Sucy, elle s'est retrouvée seule après le passage de la Bérésina. Traumatisée par les horreurs qu'elle a subies, elle est devenue folle.

➨ *Guérira-t-elle ?*

Le docteur Fanjat

Oncle de Stéphanie de Vandières, il l'a retrouvée par hasard et l'a recueillie chez lui. Il accepte que Philippe de Sucy s'installe auprès de sa nièce et tente de lui faire retrouver la mémoire.

➨ *Pourra-t-il aider les jeunes gens à trouver le bonheur ?*

Geneviève

Pauvre paysanne « idiote » de naissance, elle est la seule, avec le docteur Fanjat, à pouvoir approcher Stéphanie et s'occuper d'elle.

➨ *Quel lien mystérieux l'unit à la comtesse ?*

V.-J. Adam (1801-1866) et J.-Ch. Langlois (1789-1870),
Le Passage de la Bérésina, 27, 28, 29 novembre 1812, estampe, 78 x 83,5 cm,
château de Malmaison et Bois-Préau, Malmaison.

Lire

Honoré de Balzac

Adieu

1830

Texte intégral

Bertall, illustration pour *Adieu* de Balzac, gravure, 1842, BnF, Paris.

Au prince Fréderic Schwarzenberg

« Allons, député du centre[1], en avant ! Il s'agit d'aller au pas accéléré si nous voulons être à table en même temps que les autres. Haut le pied ! Saute, marquis ![2] là donc ! bien. Vous franchissez les sillons comme un véritable cerf ! »

Ces paroles étaient prononcées par un chasseur paisiblement assis sur une lisière de la forêt de L'Isle-Adam[3], et qui achevait de fumer un cigare de La Havane en attendant son compagnon, sans doute égaré depuis longtemps dans les halliers[4] de la forêt. À ses côtés, quatre chiens haletants regardaient comme lui le personnage auquel il s'adressait. Pour comprendre combien étaient railleuses[5] ces allocutions[6] répétées par intervalles, il faut dire que le chasseur était un gros homme court dont le ventre proéminent accusait[7] un embonpoint véritablement ministériel[8]. Aussi arpentait-il[9] avec peine les sillons d'un vaste champ récemment moissonné, dont les chaumes[10] gênaient considérablement sa marche ; puis, pour surcroît de douleur[11], les rayons du soleil qui frappaient obliquement sa figure y amassaient de grosses gouttes de sueur. Préoccupé par le soin de garder son équilibre, il se penchait tantôt en avant, tantôt en arrière, en imitant ainsi les soubresauts d'une voiture fortement cahotée[12]. Ce jour était un de ceux qui, pendant le mois de septembre, achèvent de mûrir les raisins par des feux équatoriaux[13]. Le temps annonçait un orage. Quoique plusieurs grands espaces d'azur séparassent encore vers l'horizon de gros nuages noirs, on voyait des nuées[14] blondes s'avancer avec une effrayante rapidité, en étendant, de l'ouest à l'est, un léger rideau grisâtre. Le vent n'agissant que dans la haute région de l'air, l'atmosphère comprimait vers les bas-fonds les brûlantes vapeurs de la terre. Entouré de hautes

Frédéric Schwarzenberg

Prince autrichien que Balzac rencontra en 1835, au cours d'un voyage à Vienne, il fit visiter au romancier le site de la bataille de Wagram.

1. Élu à l'Assemblée nationale et siégeant au centre de l'hémicycle (ni à gauche, ni à droite).
2. Expression moqueuse passée en proverbe.
3. Actuellement dans le Val d'Oise.
4. Fourrés, buissons touffus.
5. Moqueuses.
6. *Sens vieilli* : discours d'encouragement d'un chef à ses troupes.
7. Était le signe de.
8. De ministre (*ici, emploi ironique*).
9. Parcourait-il à pied.
10. Parties des tiges qui restent sur pied après la moisson.
11. Pour ajouter à sa douleur.
12. Secouée à cause de l'inégalité du chemin.
13. Chaleurs excessives.
14. Petits nuages.

futaies[1] qui le privaient d'air, le vallon que franchissait le chasseur avait la température d'une fournaise[2]. Ardente et silencieuse, la forêt semblait avoir soif. Les oiseaux, les insectes étaient muets, et les cimes des arbres s'inclinaient à peine. Les personnes auxquelles il reste quelque souvenir de l'été de 1819 doivent donc compatir[3] aux maux du pauvre ministériel[4], qui suait sang et eau[5] pour rejoindre son compagnon moqueur. Tout en fumant son cigare, celui-ci avait calculé, par la position du soleil, qu'il pouvait être environ cinq heures du soir.

« Où diable[6] sommes-nous ? » dit le gros chasseur en s'essuyant le front et s'appuyant contre un arbre du champ, presque en face de son compagnon ; car il ne se sentit plus la force de sauter le large fossé qui l'en séparait.

« Et c'est à moi que tu le demandes », répondit en riant le chasseur couché dans les hautes herbes jaunes qui couronnaient[7] le talus[8]. Il jeta le bout de son cigare dans le fossé, en s'écriant : « Je jure par saint Hubert[9] qu'on ne me reprendra plus à m'aventurer dans un pays inconnu avec un magistrat, fût-il[10] comme toi, mon cher d'Albon, un vieux camarade de collège !

– Mais, Philippe, vous ne comprenez donc plus le français ? Vous avez sans doute laissé votre esprit en Sibérie, répliqua le gros homme en lançant un regard douloureusement comique sur un poteau qui se trouvait à cent pas de là.

– J'entends[11] ! répondit Philippe qui saisit son fusil, se leva tout à coup, s'élança d'un seul bond dans le champ, et courut vers le poteau. Par ici, d'Albon, par ici ! demi-tour à gauche[12], cria-t-il à son compagnon en lui indiquant par un geste une large voie pavée. Chemin de Baillet à L'Isle-Adam !

La Sibérie

C'est la partie asiatique de la Russie, qui va de l'Oural à l'océan Pacifique et à l'océan Arctique. Elle se caractérise par un climat extrêmement froid. Beaucoup de soldats de Napoléon y restèrent plusieurs années comme prisonniers de guerre, après la campagne de Russie (1812).

1. Forêts d'arbres à très hauts fûts ou troncs.
2. Grand four au feu violent.
3. Avoir pitié.
4. Ici, député qui soutient le ministère au pouvoir.
5. Faisait de grands efforts.
6. *Interjection marquant l'étonnement* : Mais où donc ?
7. Entouraient le sommet, comme une couronne.
8. Terrain très en pente bordant un fossé ou un chemin.
9. Saint patron des chasseurs.
10. Même s'il est.
11. Je comprends.
12. Commandement militaire.

reprit-il, ainsi nous trouverons dans cette direction celui de Cassan, qui doit s'embrancher[13] sur celui de L'Isle-Adam.

– C'est juste, mon colonel, dit monsieur d'Albon en remettant sur sa tête une casquette avec laquelle il venait de s'éventer[14].

– En avant donc, mon respectable conseiller[15] », répondit le colonel Philippe en sifflant les chiens qui semblaient déjà lui mieux obéir qu'au magistrat auquel ils appartenaient.

– Savez-vous, monsieur le marquis, reprit le militaire goguenard[16], que nous avons encore plus de deux lieues[17] à faire ? Le village que nous apercevons là-bas doit être Baillet.

– Grand Dieu ! s'écria le marquis d'Albon, allez à Cassan, si cela peut vous être agréable, mais vous irez tout seul. Je préfère attendre ici, malgré l'orage, un cheval que vous m'enverrez du château. Vous vous êtes moqué de moi, Sucy. Nous devions faire une jolie petite partie de chasse, ne pas nous éloigner de Cassan, fureter[18] sur les terres que je connais. Bah ! au lieu de nous amuser, vous m'avez fait courir comme un lévrier[19] depuis quatre heures du matin, et nous n'avons eu pour tout déjeuner que deux tasses de lait ! Ah ! si vous avez jamais un procès à la Cour[20], je vous le ferai perdre, eussiez-vous[21] cent fois raison ».

Le chasseur découragé s'assit sur une des bornes qui étaient au pied du poteau, se débarrassa de son fusil, de sa carnassière[22] vide, et poussa un long soupir.

« France ! voilà tes députés, s'écria en riant le colonel de Sucy. Ah ! mon pauvre d'Albon, si vous aviez été comme moi six ans au fond de la Sibérie… »

Il n'acheva pas et leva les yeux au ciel, comme si ses malheurs étaient un secret entre Dieu et lui.

13. Se raccorder.
14. Se rafraîchir comme avec un éventail.
15. Magistrat siégeant à la Cour de justice de Paris.
16. Moqueur.
17. Ancienne mesure de distance d'environ 4 km.
18. Chercher partout.
19. Chien très rapide, utilisé pour chasser le lièvre.
20. Au tribunal.
21. Même si vous aviez.
22. Sac destiné à porter le gibier tué par le chasseur.

« Allons ! marchez ! ajouta-t-il. Si vous restez assis, vous êtes perdu.

– Que voulez-vous, Philippe ? c'est une si vieille habitude chez un magistrat[1] ! D'honneur[2], je suis excédé[3] ! Encore si j'avais tué un lièvre ! »

Les deux chasseurs présentaient un contraste[4] assez rare. Le ministériel était âgé de quarante-deux ans et ne paraissait pas en avoir plus de trente, tandis que le militaire, âgé de trente ans, semblait en avoir au moins quarante. Tous deux étaient décorés de la rosette rouge, attribut des officiers de la Légion d'honneur[5]. Quelques mèches de cheveux, mélangées de noir et de blanc comme l'aile d'une pie, s'échappaient de dessous la casquette du colonel ; de belles boucles blondes ornaient les tempes du magistrat. L'un était d'une haute taille, sec, maigre, nerveux, et les rides de sa figure blanche trahissaient des passions terribles ou d'affreux malheurs ; l'autre avait un visage brillant de santé, jovial[6] et digne d'un épicurien[7]. Tous deux étaient fortement hâlés[8] par le soleil, et leurs longues guêtres[9] de cuir fauve[10] portaient les marques de tous les fossés, de tous les marais qu'ils avaient traversés.

« Allons, s'écria monsieur de Sucy, en avant ! Après une petite heure de marche nous serons à Cassan, devant une bonne table.

– Il faut que vous n'ayez jamais aimé, répondit le conseiller d'un air piteusement[11] comique, vous êtes aussi impitoyable que l'article 304 du Code pénal[12] ! »

Philippe de Sucy tressaillit violemment ; son large front se plissa ; sa figure devint aussi sombre que l'était le ciel en ce moment. Quoiqu'un souvenir d'une affreuse amertume[13] crispât tous ses traits, il ne pleura pas. Semblable

La magistrature

Les magistrats sont répartis en deux grandes catégories : les magistrats du siège, qui jugent assis, et les magistrats du parquet, qui officient debout. Les magistrats du siège sont inamovibles, ceux du parquet sont soumis à l'autorité du ministre de la Justice (ou garde des Sceaux).

1. Jeu de mots sur « assis » (voir encart ci-dessus).
2. Je donne ma parole d'honneur, je le jure.
3. Épuisé.
4. Une opposition.
5. Décoration civile ou militaire, créée par Napoléon Bonaparte en 1802.
6. Très gai.
7. Qui aime savourer les plaisirs de la vie.
8. Bronzés.
9. Pièces de tissu ou de cuir qui couvrent le haut des chaussures et le bas des jambes.
10. Jaune tirant sur le roux.
11. Honteusement.
12. Article de loi qui condamne un meurtrier à la peine de mort.
13. Goût de ce qui est amer (*sens propre*) ; sentiment pénible de tristesse, de regret (*sens figuré*).

aux hommes puissants, il savait refouler ses émotions au fond de son cœur, et trouvait peut-être, comme beaucoup de caractères purs, une sorte d'impudeur[14] à dévoiler ses peines quand aucune parole humaine n'en peut rendre la profondeur, et qu'on redoute la moquerie des gens qui ne veulent pas les comprendre. Monsieur d'Albon avait une de ces âmes délicates qui devinent les douleurs et ressentent vivement la commotion[15] qu'elles ont involontairement produite par quelque maladresse. Il respecta le silence de son ami, se leva, oublia sa fatigue, et le suivit silencieusement, tout chagrin[16] d'avoir touché une plaie qui probablement n'était pas cicatrisée.

« Un jour, mon ami, lui dit Philippe en lui serrant la main et en le remerciant de son muet repentir[17] par un regard déchirant, un jour je te raconterai ma vie. Aujourd'hui, je ne saurais[18]. »

Ils continuèrent à marcher en silence. Quand la douleur du colonel parut dissipée[19], le conseiller retrouva sa fatigue ; et avec l'instinct ou plutôt avec le vouloir[20] d'un homme harassé[21], son œil sonda toutes les profondeurs de la forêt ; il interrogea les cimes des arbres, examina les avenues, en espérant y découvrir quelque gîte[22] où il pût demander l'hospitalité. En arrivant à un carrefour, il crut apercevoir une légère fumée qui s'élevait entre les arbres. Il s'arrêta, regarda fort attentivement, et reconnut, au milieu d'un massif immense, les branches vertes et sombres de quelques pins.

« Une maison ! une maison ! s'écria-t-il avec le plaisir qu'aurait eu un marin à crier : Terre ! terre ! »

Puis il s'élança vivement à travers un hallier[23] assez épais, et le colonel, qui était tombé dans une profonde rêverie, l'y suivit machinalement.

14. Manque de discrétion.
15. L'émotion violente.
16. Triste.
17. Regret des fautes commises, désir de les réparer.
18. Je ne pourrais pas.
19. Partie.
20. La volonté.
21. Épuisé.
22. Maison.
23. Groupe d'arbres.

La Thébaïde

La Thébaïde était une province romaine située au sud de l'Égypte ancienne. Elle était constituée en partie de déserts dans lesquels se retirèrent des chrétiens persécutés et les premiers ermites. Dès le XVIIe siècle, le mot est employé dans la langue littéraire pour désigner un lieu solitaire, propice à la retraite et à la méditation.

«J'aime mieux trouver ici une omelette, du pain de ménage[1] et une chaise, que d'aller chercher à Cassan des divans, des truffes et du vin de Bordeaux.»

Ces paroles étaient une exclamation d'enthousiasme arrachée au conseiller par l'aspect d'un mur dont la couleur blanchâtre tranchait, dans le lointain, sur la masse brune des troncs noueux[2] de la forêt.

«Ah! ah! ceci m'a l'air d'être quelque ancien prieuré[3], s'écria derechef[4] le marquis d'Albon en arrivant à une grille antique et noire, d'où il put voir, au milieu d'un parc assez vaste, un bâtiment construit dans le style employé jadis pour les monuments monastiques[5]. – Comme ces coquins de moines savaient choisir un emplacement!»

Cette nouvelle exclamation était l'expression de l'étonnement que causait au magistrat le poétique ermitage[6] qui s'offrait à ses regards. La maison était située à mi-côte, sur le revers de la montagne, dont le sommet est occupé par le village de Nerville. Les grands chênes séculaires[7] de la forêt, qui décrivait un cercle immense autour de cette habitation, en faisaient une véritable solitude[8]. Le corps de logis[9] jadis destiné aux moines avait son exposition au midi. Le parc paraissait avoir une quarantaine d'arpents[10]. Auprès de la maison, régnait une verte prairie, heureusement découpée par plusieurs ruisseaux clairs, par des nappes d'eau gracieusement posées, et sans aucun artifice[11] apparent. Çà et là s'élevaient des arbres verts aux formes élégantes, aux feuillages variés. Puis, des grottes habilement ménagées, des terrasses massives avec leurs escaliers dégradés[12] et leurs rampes rouillées imprimaient une physionomie particulière à cette sauvage Thébaïde. L'art y avait élégamment uni ses constructions aux plus pittoresques effets de la nature. Les

1. Pain ordinaire.
2. Qui comporte des nœuds, des parties saillantes.
3. Couvent.
4. Une fois de plus.
5. Pour les moines.
6. Lieu de retraite pour un ermite, isolé du reste du monde.
7. Vieux de plusieurs siècles.
8. *Ici au sens concret* : lieu isolé, où personne ne vit.
9. La partie centrale.
10. Ancienne mesure de surface (1 arpent = 20 à 50 ares). Le parc mesure quinze à vingt hectares.
11. Procédé artificiel pour imiter la nature.
12. En mauvais état.

passions humaines semblaient devoir mourir aux pieds de ces grands arbres qui défendaient l'approche de cet asile aux bruits du monde, comme ils y tempéraient[13] les feux du soleil.

« Quel désordre ! » se dit monsieur d'Albon après avoir joui de[14] la sombre expression que les ruines donnaient à ce paysage, qui paraissait frappé de malédiction. C'était comme un lieu funeste[15] abandonné par les hommes. Le lierre avait étendu partout ses nerfs tortueux et ses riches manteaux. Des mousses brunes, verdâtres, jaunes ou rouges répandaient leurs teintes romantiques[16] sur les arbres, sur les bancs, sur les toits, sur les pierres. Les fenêtres vermoulues[17] étaient usées par la pluie, creusées par le temps ; les balcons étaient brisés, les terrasses démolies. Quelques persiennes ne tenaient plus que par un de leurs gonds. Les portes disjointes paraissaient ne pas devoir résister à un assaillant. Chargées des touffes luisantes du gui[18], les branches des arbres fruitiers négligés s'étendaient au loin sans donner de récolte. De hautes herbes croissaient[19] dans les allées. Ces débris jetaient dans le tableau des effets d'une poésie ravissante, et des idées rêveuses dans l'âme du spectateur. Un poète serait resté là plongé dans une longue mélancolie, en admirant ce désordre plein d'harmonies, cette destruction qui n'était pas sans grâce. En ce moment, quelques rayons de soleil se firent jour à travers les crevasses des nuages, illuminèrent par des jets de mille couleurs cette scène à demi sauvage. Les tuiles brunes resplendirent, les mousses brillèrent, des ombres fantastiques s'agitèrent sur les prés, sous les arbres ; des couleurs mortes se réveillèrent, des oppositions piquantes se combattirent, les feuillages se découpèrent dans la clarté. Tout à coup, la lumière disparut. Ce paysage qui semblait avoir parlé, se tut, et redevint sombre, ou plutôt doux comme la plus douce teinte d'un crépuscule d'automne.

13. Atténuaient.
14. Regardé.
15. Évoquant la mort.
16. Qui rappellent les paysages des romans, et incitent à la rêverie ou à la mélancolie.
17. Rongées par les insectes.
18. Plante parasite qui pousse sur certains arbres en formant des boules.
19. Poussaient.

« C'est le palais de la Belle au Bois Dormant, se dit le conseiller qui ne voyait déjà plus cette maison qu'avec les yeux d'un propriétaire. À qui cela peut-il donc appartenir ? Il faut être bien bête pour ne pas habiter une si jolie propriété. »

Aussitôt, une femme s'élança de dessous un noyer planté à droite de la grille, et sans faire de bruit passa devant le conseiller aussi rapidement que l'ombre d'un nuage ; cette vision le rendit muet de surprise.

« Eh ! bien, d'Albon, qu'avez-vous ? lui demanda le colonel.

– Je me frotte les yeux pour savoir si je dors ou si je veille, répondit le magistrat en se collant sur la grille pour tâcher de revoir le fantôme. Elle est probablement sous ce figuier, dit-il en montrant à Philippe le feuillage d'un arbre qui s'élevait au-dessus du mur, à gauche de la grille.

– Qui, elle ?

– Eh ! puis-je le savoir ? reprit monsieur d'Albon. Il vient de se lever là, devant moi, dit-il à voix basse, une femme étrange ; elle m'a semblé plutôt appartenir à la nature des ombres qu'au monde des vivants. Elle est si svelte[1], si légère, si vaporeuse, qu'elle doit être diaphane[2]. Sa figure est aussi blanche que du lait. Ses vêtements, ses yeux, ses cheveux sont noirs. Elle m'a regardé en passant, et quoique je ne sois point peureux, son regard immobile et froid m'a figé le sang dans les veines.

– Est-elle jolie ? demanda Philippe.

– Je ne sais pas. Je ne lui ai vu que les yeux dans la figure.

– Au diable le dîner de Cassan, s'écria le colonel, restons ici. J'ai une envie d'enfant d'entrer dans cette singulière[3] propriété. Vois-tu ces châssis[4] de fenêtres peints en rouge, et ces filets rouges dessinés sur les moulures des portes et des

1. Mince et élégante.
2. Translucide, qui laisse passer la lumière.
3. Étrange.
4. Montants.

volets? Ne semble-t-il pas que ce soit la maison du diable, il aura peut-être hérité des moines. Allons, courons après la dame blanche et noire! En avant!» s'écria Philippe avec une gaieté factice[5].

En ce moment, les deux chasseurs entendirent un cri assez semblable à celui d'une souris prise au piège. Ils écoutèrent. Le feuillage de quelques arbustes froissés retentit dans le silence, comme le murmure d'une onde[6] agitée; mais quoiqu'ils prêtassent l'oreille pour saisir quelques nouveaux sons, la terre resta silencieuse et garda le secret des pas de l'inconnue, si toutefois elle avait marché.

«Voilà qui est singulier», s'écria Philippe en suivant les contours que décrivaient les murs du parc.

Les deux amis arrivèrent bientôt à une allée de la forêt qui conduit au village de Chauvry. Après avoir remonté ce chemin vers la route de Paris, ils se trouvèrent devant une grande grille, et virent alors la façade principale de cette habitation mystérieuse. De ce côté, le désordre était à son comble[7]. D'immenses lézardes[8] sillonnaient les murs de trois corps de logis bâtis en équerre. Des débris de tuiles et d'ardoises amoncelés à terre et des toits dégradés annonçaient une complète incurie[9]. Quelques fruits étaient tombés sous les arbres et pourrissaient sans qu'on les récoltât. Une vache paissait à travers les boulingrins[10], et foulait les fleurs des plates-bandes, tandis qu'une chèvre broutait les raisins verts et les pampres d'une treille[11].

«Ici, tout est harmonie, et le désordre y est en quelque sorte organisé», dit le colonel en tirant la chaîne d'une cloche; mais la cloche était sans battant[12].

Les deux chasseurs n'entendirent que le bruit singulièrement aigre d'un ressort rouillé. Quoique très délabrée, la

5. Forcée.
6. Eau.
7. Maximum.
8. Crevasses.
9. Absence de soin.
10. Parterres de gazon.
11. Branches d'une vigne poussant le long d'un treillage.
12. Pièce métallique mobile qui frappe les parois d'une cloche.

petite porte pratiquée dans le mur auprès de la grille résista néanmoins à tout effort.

« Oh ! oh ! tout ceci devient très curieux, dit-il à son compagnon.

– Si je n'étais pas magistrat, répondit monsieur d'Albon, je croirais que la femme noire est une sorcière. »

À peine avait-il achevé ces mots, que la vache vint à la grille et leur présenta son mufle[1] chaud, comme si elle éprouvait le besoin de voir des créatures humaines. Alors une femme, si toutefois ce nom pouvait appartenir à l'être indéfinissable qui se leva de dessous une touffe d'arbustes, tira la vache par sa corde. Cette femme portait sur la tête un mouchoir rouge d'où s'échappaient des mèches de cheveux blonds assez semblables à l'étoupe[2] d'une quenouille. Elle n'avait pas de fichu[3]. Un jupon de laine grossière à raies alternativement noires et grises, trop court de quelques pouces[4], permettait de voir ses jambes. L'on pouvait croire qu'elle appartenait à une des tribus de Peaux Rouges célébrées par Cooper[5], car ses jambes, son cou et ses bras nus semblaient avoir été peints en couleur de brique. Aucun rayon d'intelligence n'animait sa figure plate. Ses yeux bleuâtres étaient sans chaleur et ternes. Quelques poils blancs clairsemés lui tenaient lieu de sourcils. Enfin, sa bouche était contournée[6] de manière à laisser passer des dents mal rangées, mais aussi blanches que celles d'un chien.

« Ohé ! la femme ! » cria monsieur de Sucy.

Elle arriva lentement jusqu'à la grille, en contemplant d'un air niais[7] les deux chasseurs à la vue desquels il lui échappa un sourire pénible et forcé.

« Où sommes-nous ? Quelle est cette maison-là ? À qui est-elle ? Qui êtes-vous ? Êtes-vous d'ici ? »

1. Museau.
2. Touffe de lin ou de chanvre entourée, avant d'être filée, autour d'un bâton appelé quenouille.
3. Foulard plié en triangle, pour couvrir les épaules ou la tête.
4. Mesure de longueur (2,7 cm).
5. Auteur américain du roman *Le Dernier des Mohicans* (1826).
6. Déformée.
7. Idiot.

À ces questions et à une foule d'autres que lui adressèrent successivement les deux amis, elle ne répondit que par des grognements gutturaux[8] qui semblaient appartenir plus à l'animal qu'à la créature humaine.

« Ne voyez-vous pas qu'elle est sourde et muette, dit le magistrat.

– Bons-Hommes ! s'écria la paysanne.

– Ah ! elle a raison. Ceci pourrait bien être l'ancien couvent des Bons-Hommes », dit monsieur d'Albon.

Les questions recommencèrent. Mais, comme un enfant capricieux, la paysanne rougit, joua avec son sabot, tortilla la corde de la vache qui s'était remise à paître, regarda les deux chasseurs, examina toutes les parties de leur habillement ; elle glapit[9], grogna, gloussa, mais elle ne parla pas.

« Ton nom ? lui dit Philippe en la contemplant fixement comme s'il eût voulu l'ensorceler.

– Geneviève, dit-elle en riant d'un rire bête.

– Jusqu'à présent la vache est la créature la plus intelligente que nous ayons vue, s'écria le magistrat. Je vais tirer un coup de fusil pour faire venir du monde. »

Au moment où d'Albon saisissait son arme, le colonel l'arrêta par un geste, et lui montra du doigt l'inconnue qui avait si vivement piqué[10] leur curiosité. Cette femme semblait ensevelie[11] dans une méditation profonde, et venait à pas lents par une allée assez éloignée, en sorte que les deux amis eurent le temps de l'examiner. Elle était vêtue d'une robe de satin noir tout usée. Ses longs cheveux tombaient en boucles nombreuses sur son front, autour de ses épaules, descendaient jusqu'en bas de sa taille, et lui servaient de châle. Accoutumée sans doute à ce désordre, elle ne chassait que rarement sa chevelure de chaque côté de ses tempes ;

8. Rauques, émis avec la gorge.
9. Poussa des cris aigus comme certains animaux.
10. Excité.
11. Enfermée comme dans une tombe.

mais alors, elle agitait la tête par un mouvement brusque, et ne s'y prenait pas à deux fois pour dégager son front ou ses yeux de ce voile épais. Son geste avait d'ailleurs, comme celui d'un animal, cette admirable sécurité de mécanisme dont la prestesse[1] pouvait paraître un prodige dans une femme. Les deux chasseurs étonnés la virent sauter sur une branche de pommier et s'y attacher avec la légèreté d'un oiseau. Elle y saisit des fruits, les mangea, puis se laissa tomber à terre avec la gracieuse mollesse qu'on admire chez les écureuils. Ses membres possédaient une élasticité qui ôtait à ses moindres mouvements jusqu'à l'apparence de la gêne ou de l'effort. Elle joua sur le gazon, s'y roula comme aurait pu le faire un enfant; puis, tout à coup, elle jeta ses pieds et ses mains en avant, et resta étendue sur l'herbe avec l'abandon, la grâce, le naturel d'une jeune chatte endormie au soleil. Le tonnerre ayant grondé dans le lointain, elle se retourna subitement, et se mit à quatre pattes avec la miraculeuse adresse d'un chien qui entend venir un étranger. Par l'effet de cette bizarre attitude, sa noire chevelure se sépara tout à coup en deux larges bandeaux qui retombèrent de chaque côté de sa tête, et permit aux deux spectateurs de cette scène singulière d'admirer des épaules dont la peau blanche brilla comme les marguerites de la prairie, un cou dont la perfection faisait juger celle de toutes les proportions du corps.

Elle laissa échapper un cri douloureux, et se leva tout à fait sur ses pieds. Ses mouvements se succédaient si gracieusement, s'exécutaient si lestement[2], qu'elle semblait être, non pas une créature humaine, mais une de ces filles de l'air célébrées par les poésies d'Ossian. Elle alla vers une nappe d'eau, secoua légèrement une de ses jambes pour la débarrasser de son soulier, et parut se plaire à tremper son

Les poésies d'Ossian

Ce sont des poèmes publiés en 1760 par James Macpherson, qui prétendait les avoir traduits du gaélique et les attribuait à Ossian, un barde écossais légendaire du IIIe siècle. Ils eurent un très grand succès dans toute l'Europe.

1. Vivacité et habileté.
2. Avec souplesse et légèreté.

pied blanc comme l'albâtre[3] dans la source en y admirant sans doute les ondulations qu'elle y produisait, et qui ressemblaient à des pierreries. Puis elle s'agenouilla sur le bord du bassin, s'amusa, comme un enfant, à y plonger ses longues tresses et à les en tirer brusquement pour voir tomber goutte à goutte l'eau dont elles étaient chargées, et qui, traversée par les rayons du jour, formaient comme des chapelets de perles.

« Cette femme est folle », s'écria le conseiller.

Un cri rauque, poussé par Geneviève, retentit et parut s'adresser à l'inconnue, qui se redressa vivement en chassant ses cheveux de chaque côté de son visage. En ce moment, le colonel et d'Albon purent voir distinctement les traits de cette femme, qui, en apercevant les deux amis, accourut en quelques bonds à la grille avec la légèreté d'une biche.

« Adieu ! » dit-elle d'une voix douce et harmonieuse, mais sans que cette mélodie, impatiemment attendue par les chasseurs, parut dévoiler le moindre sentiment ou la moindre idée.

Monsieur d'Albon admira les longs cils de ses yeux, ses sourcils noirs bien fournis, une peau d'une blancheur éblouissante et sans la plus légère nuance de rougeur. De petites veines bleues tranchaient seules sur son teint blanc. Quand le conseiller se tourna vers son ami pour lui faire part de l'étonnement que lui inspirait la vue de cette femme étrange, il le trouva étendu sur l'herbe et comme mort. Monsieur d'Albon déchargea son fusil en l'air pour appeler du monde, et cria : « Au secours ! » en essayant de relever le colonel. Au bruit de la détonation, l'inconnue, qui était restée immobile, s'enfuit avec la rapidité d'une flèche, jeta des cris d'effroi comme un animal blessé, et tournoya sur la prairie en donnant les marques d'une terreur profonde. Monsieur d'Albon entendit

3. Pierre d'un blanc laiteux.

le roulement d'une calèche[1] sur la route de l'Isle-Adam, et implora l'assistance des promeneurs en agitant son mouchoir. Aussitôt, la voiture se dirigea vers les Bons-Hommes, et monsieur d'Albon y reconnut monsieur et madame de Grandville, ses voisins, qui s'empressèrent de descendre de leur voiture en l'offrant au magistrat. Madame de Grandville avait, par hasard, un flacon de sels[2], que l'on fit respirer à monsieur de Sucy. Quand le colonel ouvrit les yeux, il les tourna vers la prairie où l'inconnue ne cessait de courir en criant, et laissa échapper une exclamation indistincte, mais qui révélait un sentiment d'horreur; puis il ferma de nouveau les yeux en faisant un geste comme pour demander à son ami de l'arracher à ce spectacle. Monsieur et madame de Grandville laissèrent le conseiller libre de disposer de leur voiture, en lui disant obligeamment[3] qu'ils allaient continuer leur promenade à pied.

« Quelle est donc cette dame? demanda le magistrat en désignant l'inconnue.

– L'on présume[4] qu'elle vient de Moulins, répondit monsieur de Grandville. Elle se nomme la comtesse de Vandières, on la dit folle; mais comme elle n'est ici que depuis deux mois, je ne saurais vous garantir la véracité[5] de tous ces ouï-dire[6]. »

Monsieur d'Albon remercia monsieur et madame de Grandville et partit pour Cassan.

« C'est elle, s'écria Philippe en reprenant ses sens.

– Qui? elle! demanda d'Albon.

– Stéphanie. Ah! morte et vivante, vivante et folle, j'ai cru que j'allais mourir. »

Le prudent magistrat, qui apprécia[7] la gravité de la crise à laquelle son ami était tout en proie, se garda bien de le questionner ou de l'irriter, il souhaitait impatiemment arriver au

1. Voiture à cheval.
2. Substance qu'on faisait respirer aux personnes prises de malaise.
3. Aimablement et pour rendre service.
4. Suppose.
5. L'exactitude.
6. Rumeurs.
7. Mesura.

Deux rencontres l. 286 à 496

Avez-vous bien lu ?

La comtesse est aux Bons-Hommes depuis :

- ❑ une semaine ?
- ❑ deux mois ?
- ❑ onze mois ?

Un « être indéfinissable »

1 La femme à la vache est-elle la même que celle qu'a aperçue d'Albon ? Justifiez votre réponse. À quoi cette vieille femme est-elle comparée ? Pourquoi ?

« L'inconnue »

2 Comparez le portrait physique de l'inconnue et celui de Geneviève.

3 Quelles sont les principales caractéristiques du comportement de la jeune femme ? Pourquoi d'Albon déduit-il de ce qu'il voit que « cette femme est folle » (l. 380) ? Quelles correspondances peut-on déceler entre l'inconnue et la maison ?

Le coup de feu et ses conséquences

4 Quelles réactions le coup de fusil provoque-t-il chez la jeune femme ? Quelles hypothèses peut-on faire pour les expliquer ?

5 Le colonel s'est-il évanoui à cause du coup de fusil ? Justifiez votre réponse.

6 Quelles modifications ont été apportées au récit annoncé l. 494 ? Qui les a faites, et pour quelles raisons ?

Vers l'expression

Vocabulaire

1. Comment sont formés les mots suivants ? Quel est leur sens ? Aidez-vous d'un dictionnaire étymologique.

Amnésie – aphasie – aphonie – anorexie – aboulie.

2. Employez chacun des mots suivants dans deux phrases où ils auront un sens différent.

Asile – curieux – dissipé – fantastique – lézarde – romantique – singulier.

3. Sur le modèle *bavard comme une pie*, complétez les adjectifs ou participes suivants avec un animal comme terme de comparaison.

Connu – doux – fier – frais – frisé – gai – malin – muet – myope – nu – paresseux – serrés – têtu.

À vous de jouer

Rédigez un portrait en action.

Sur le modèle du portrait de la comtesse, composez le portrait d'un enfant en bas âge en train de jouer seul. Vous emploierez des comparaisons et des métaphores évoquant le comportement des animaux.

Présentez un exposé oral.

Cherchez sur le site www.amisdelisleadam.org des informations sur le château des Bonshommes. Était-il en ruines en 1830 ? Qu'en concluez-vous sur le travail du romancier ? Présentez les résultats de votre recherche dans un exposé oral ou dans un texte de deux paragraphes.

Du texte à l'image

Observez l'illustration → voir dossier images p. I

Pierre Georges Jeanniot, *La Folle*, 1899, huile sur toile (74 x 95 cm), musée Petiet, Limoux.

1 Où et à quelle époque se passe la scène ? dans quel milieu social ? Justifiez votre réponse en citant les objets, meubles, tenues représentés.

2 Quels indices permettent d'identifier la « folle » mentionnée dans le titre ? Cette représentation correspond-elle avec celle de Stéphanie dans *Adieu* ? Justifiez vos réponses avec précision.

3 L'historien de la folie, Claude Quétel, décrit ainsi ce tableau : « Sa *Folle* ne prétend pas symboliser la folie en général mais nous intéresse au contraire par son naturalisme : vaguement surveillée par une garde-malade qui lit son journal, une femme, jeune encore, à demi dénudée, aux cheveux défaits, qui a ôté ses chaussures. [...] Les fleurs dans les cheveux tout comme la rose qu'elle tient du bout des doigts soulignent une folie douce qui n'en est que plus pathétique. » (*Le Monde*, 28/10/2010) : êtes-vous d'accord avec ce point de vue ?

4 Cherchez des informations sur la carrière de Pierre Georges Jeanniot : quels thèmes a-t-il privilégiés dans ses tableaux ?

En quittant, sur les neuf heures du soir, les hauteurs de Studzianka, qu'il avait défendues pendant toute la journée du 28 novembre 1812, le maréchal Victor y laissa un millier d'hommes chargés de protéger jusqu'au dernier moment celui des deux ponts construits sur la Bérésina qui subsistait encore[1]. Cette arrière-garde s'était dévouée pour tâcher de sauver une effroyable multitude de traînards engourdis par le froid, qui refusaient obstinément de quitter les équipages de l'armée. L'héroïsme de cette généreuse troupe devait être inutile. Les soldats qui affluaient par masses sur les bords de la Bérésina y trouvaient, par malheur l'immense quantité de voitures, de caissons[2] et de meubles de toute espèce que l'armée avait été obligée d'abandonner en effectuant son passage pendant les journées des 27 et 28 novembre. Héritiers de richesses inespérées, ces malheureux, abrutis par le froid, se logeaient dans les bivouacs[3] vides, brisaient le matériel de l'armée pour se construire des cabanes, faisaient du feu avec tout ce qui leur tombait sous la main, dépeçaient[4] les chevaux pour se nourrir, arrachaient le drap ou les toiles des voitures pour se couvrir, et dormaient au lieu de continuer leur route et de franchir paisiblement pendant la nuit cette Bérésina qu'une incroyable fatalité avait déjà rendue si funeste à l'armée. L'apathie[5] de ces pauvres soldats ne peut être comprise que par ceux qui se souviennent d'avoir traversé ces vastes déserts de neige, sans autre boisson que la neige, sans autre lit que la neige, sans autre perspective qu'un horizon de neige, sans autre aliment que la neige ou quelques betteraves gelées, quelques poignées de farine ou de la chair de cheval. Mourant de faim, de soif, de fatigue et de sommeil, ces infortunés[6] arrivaient sur une plage où ils apercevaient du bois, des feux, des vivres, d'innombrables équipages[7] abandonnés,

1. Voir encart, p. 30.
2. Caisses montées sur roues pour le transport des munitions et des vivres.
3. Campements pour la nuit.
4. Découpaient.
5. Passivité, inertie.
6. Malheureux.
7. Voitures avec leurs chevaux et leur chargement.

des bivouacs, enfin toute une ville improvisée. Le village de Studzianka avait été entièrement dépecé[8], partagé, transporté des hauteurs dans la plaine. Quelque dolente[9] et périlleuse que fût cette cité, ses misères et ses dangers souriaient à des gens qui ne voyaient devant eux que les épouvantables déserts de la Russie. Enfin, c'était un vaste hôpital qui n'eut pas vingt heures d'existence. La lassitude de la vie ou le sentiment d'un bien-être inattendu rendait cette masse d'hommes inaccessible à toute pensée autre que celle du repos. Quoique l'artillerie[10] de l'aile gauche des Russes tirât sans relâche sur cette masse qui se dessinait comme une grande tache, tantôt noire, tantôt flamboyante, au milieu de la neige, ces infatigables boulets ne semblaient à la foule engourdie qu'une incommodité de plus. C'était comme un orage dont la foudre était dédaignée[11] par tout le monde, parce qu'elle devait n'atteindre, çà et là, que des mourants, des malades, ou des morts peut-être. À chaque instant, les traîneurs[12] arrivaient par groupes. Ces espèces de cadavres ambulants se divisaient aussitôt, et allaient mendier une place de foyer en foyer ; puis, repoussés le plus souvent, ils se réunissaient de nouveau pour obtenir de force l'hospitalité qui leur était refusée. Sourds à la voix de quelques officiers qui leur prédisaient la mort pour le lendemain, ils dépensaient la somme de courage nécessaire pour passer le fleuve, à se construire un asile d'une nuit, à faire un repas souvent funeste ; cette mort qui les attendait ne leur paraissait plus un mal, puisqu'elle leur laissait une heure de sommeil. Ils ne donnaient le nom de mal qu'à la faim, à la soif, au froid. Quand il ne se trouva plus ni bois, ni feu, ni toile, ni abris, d'horribles luttes s'établirent entre ceux qui survenaient dénués de tout et les riches qui possédaient une demeure. Les plus faibles succombèrent[13]. Enfin,

8. Démoli.
9. Infernale. Dans *La Divine Comédie*, œuvre du poète italien Dante, la *Citta dolente* ou « cité des Douleurs » désigne l'Enfer.
10. Partie d'une armée qui utilise les canons.
11. Ignorée, méprisée.
12. Ceux qui sont à la traîne, en retard.
13. Moururent.

il arriva un moment où quelques hommes chassés par les Russes n'eurent plus que la neige pour bivouac, et s'y couchèrent pour ne plus se relever. Insensiblement, cette masse d'êtres presque anéantis devint si compacte, si sourde, si stupide, ou si heureuse peut-être, que le maréchal Victor, qui en avait été l'héroïque défenseur en résistant à vingt mille Russes commandés par Wittgenstein, fut obligé de s'ouvrir un passage, de vive force, à travers cette forêt d'hommes, afin de faire franchir la Bérésina aux cinq mille braves qu'il amenait à l'empereur. Ces infortunés se laissaient écraser plutôt que de bouger, et périssaient en silence, en souriant à leurs feux éteints, et sans penser à la France.

À dix heures du soir seulement, le duc de Bellune[1] se trouva de l'autre côté du fleuve. Avant de s'engager sur les ponts qui menaient à Zembin, il confia le sort de l'arrière-garde de Studzianka à Éblé, ce sauveur de tous ceux qui survécurent aux calamités de la Bérésina. Ce fut environ vers minuit que ce grand général, suivi d'un officier de courage, quitta la petite cabane qu'il occupait auprès du pont, et se mit à contempler le spectacle que présentait le camp situé entre la rive de la Bérésina et le chemin de Borizof à Studzianka. Le canon des Russes avait cessé de tonner; des feux innombrables, qui, au milieu de cet amas de neige, pâlissaient et semblaient ne pas jeter de lueur, éclairaient çà et là des figures qui n'avaient rien d'humain. Des malheureux, au nombre de trente mille environ, appartenant à toutes les nations que Napoléon avait jetées sur la Russie, étaient là, jouant leurs vies avec une brutale insouciance.

« Sauvons tout cela, dit le général à l'officier. Demain matin les Russes seront maîtres de Studzianka. Il faudra donc brûler le pont au moment où ils paraîtront; ainsi, mon ami,

1. Titre de noblesse du maréchal Victor.

du courage! Fais-toi jour[2] jusqu'à la hauteur. Dis au général Fournier qu'à peine a-t-il le temps d'évacuer sa position, de percer[3] tout ce monde, et de passer le pont. Quand tu l'auras vu se mettre en marche, tu le suivras. Aidé par quelques hommes valides, tu brûleras sans pitié les bivouacs, les équipages, les caissons, les voitures, tout! Chasse ce monde-là sur le pont! Contrains[4] tout ce qui a deux jambes à se réfugier sur l'autre rive. L'incendie est maintenant notre dernière ressource. Si Berthier m'avait laissé détruire ces damnés équipages[5], ce fleuve n'aurait englouti personne que mes pauvres pontonniers[6], ces cinquante héros qui ont sauvé l'armée et qu'on oubliera?»

Le général porta la main à son front et resta silencieux. Il sentait que la Pologne serait son tombeau, et qu'aucune voix ne s'élèverait en faveur de ces hommes sublimes qui se tinrent dans l'eau, l'eau de la Bérésina! pour y enfoncer les chevalets[7] des ponts. Un seul d'entre eux vit encore, ou, pour être exact, souffre dans un village, ignoré[8]! L'aide de camp[9] partit. À peine ce généreux[10] officier avait-il fait cent pas vers Studzianka, que le général Eblé réveilla plusieurs de ses pontonniers souffrants, et commença son œuvre charitable en brûlant les bivouacs établis autour du pont, et obligeant ainsi les dormeurs qui l'entouraient à passer la Bérésina. Cependant, le jeune aide de camp était arrivé, non sans peine, à la seule maison de bois qui fût restée debout, à Studzianka.

«Cette baraque est donc bien pleine, mon camarade? dit-il à un homme qu'il aperçut en dehors.

– Si vous y entrez, vous serez un habile troupier[11], répondit l'officier sans se détourner et sans cesser de démolir avec son sabre le bois de la maison.

2. Passe au travers.
3. Traverser.
4. Oblige.
5. Le général Berthier avait refusé la veille de brûler les bivouacs.
6. Soldats chargés de poser les ponts militaires.
7. Pilotis en bois qui soutiennent le pont.
8. Oublié.
9. Officier qui assiste un officier plus ancien et fait exécuter ses ordres.
10. Noble et courageux.
11. Soldat.

– Est-ce vous, Philippe ? dit l'aide de camp en reconnaissant au son de la voix l'un de ses amis.

– Oui. Ah ! ah ! c'est toi, mon vieux, répliqua monsieur de Sucy en regardant l'aide de camp, qui n'avait, comme lui, que vingt-trois ans. Je te croyais de l'autre côté de cette sacrée rivière. Viens-tu nous apporter des gâteaux et des confitures pour notre dessert ? Tu seras bien reçu, ajouta-t-il en achevant de détacher l'écorce du bois qu'il donnait, en guise de provende[1], à son cheval.

– Je cherche votre commandant pour le prévenir, de la part du général Éblé, de filer sur Zembin. Vous avez à peine le temps de percer cette masse de cadavres que je vais incendier tout à l'heure, afin de les faire marcher.

– Tu me réchauffes presque ! Ta nouvelle me fait suer[2]. J'ai deux amis à sauver ! Ah ! sans ces deux marmottes[3], mon vieux, je serais déjà mort ! C'est pour eux que je soigne mon cheval, et que je ne le mange pas. Par grâce, as-tu quelque croûte ? Voilà trente heures que je n'ai rien mis dans mon coffre[4], et je me suis battu comme un enragé, afin de conserver le peu de chaleur et de courage qui me restent.

– Pauvre Philippe ! rien, rien. Mais votre général est là !

– N'essaie pas d'entrer ! Cette grange contient nos blessés. Monte encore plus haut ! tu rencontreras, sur ta droite, une espèce de toit à porc, le général est là ! Adieu, mon brave. Si jamais nous dansons la trénis[5] sur un parquet de Paris… »

Il n'acheva pas, la bise souffla dans ce moment avec une telle perfidie[6], que l'aide de camp marcha pour ne pas se geler, et que les lèvres du major Philippe se glacèrent. Le silence régna bientôt. Il n'était interrompu que par les gémissements qui partaient de la maison, et par le bruit sourd que faisait le cheval de monsieur de Sucy, en broyant, de faim et

1. Nourriture pour animaux.
2. Me donne chaud, me réconforte.
3. Animaux qui hibernent tout l'hiver dans les montagnes.
4. Estomac.
5. Figure de danse inventée par Trénis.
6. Traîtrise.

de rage, l'écorce glacée des arbres avec lesquels la maison était construite. Le major[7] remit son sabre dans le fourreau, prit brusquement la bride[8] du précieux animal qu'il avait su conserver, et l'arracha, malgré sa résistance, à la déplorable pâture dont il paraissait friand[9].

« En route, Bichette ! en route. Il n'y a que toi, ma belle, qui puisse sauver Stéphanie. Va, plus tard, il nous sera permis de nous reposer, de mourir, sans doute. »

Philippe, enveloppé d'une pelisse[10] à laquelle il devait sa conservation et son énergie, se mit à courir en frappant de ses pieds la neige durcie pour entretenir la chaleur. À peine le major eut-il fait cinq cents pas, qu'il aperçut un feu considérable à la place où, depuis le matin, il avait laissé sa voiture sous la garde d'un vieux soldat. Une inquiétude horrible s'empara de lui. Comme tous ceux qui, pendant cette déroute[11], furent dominés par un sentiment puissant, il trouva, pour secourir ses amis, des forces qu'il n'aurait pas eues pour se sauver lui-même. Il arriva bientôt à quelques pas d'un pli formé par le terrain, et au fond duquel il avait mis à l'abri des boulets une jeune femme, sa compagne d'enfance et son bien le plus cher !

À quelques pas de la voiture, une trentaine de traînards étaient réunis devant un immense foyer qu'ils entretenaient en y jetant des planches, des dessus de caissons, des roues et des panneaux de voitures. Ces soldats étaient, sans doute, les derniers venus de tous ceux qui, depuis le large sillon décrit par le terrain au bas de Studzianka jusqu'à la fatale rivière, formaient comme un océan de têtes, de feux, de baraques, une mer vivante agitée par des mouvements presque insensibles, et d'où il s'échappait un sourd bruissement, parfois mêlé d'éclats terribles. Poussés par la faim et par le désespoir, ces malheu-

7. Colonel en second.
8. Lanières placées sur la tête d'un cheval pour permettre de le conduire.
9. Gourmand.
10. Manteau doublé de fourrure.
11. Fuite désordonnée de troupes vaincues.

reux avaient probablement visité de force la voiture. Le vieux général et la jeune femme qu'ils y trouvèrent couchés sur des hardes[1], enveloppés de manteaux et de pelisses, gisaient[2] en ce moment accroupis devant le feu. L'une des portières de la voiture était brisée. Aussitôt que les hommes placés autour du feu entendirent les pas du cheval et du major, il s'éleva parmi eux un cri de rage inspiré par la faim.

« Un cheval ! un cheval ! »

Les voix ne formèrent qu'une seule voix.

« Retirez-vous ! gare à vous ! » s'écrièrent deux ou trois soldats en ajustant[3] le cheval.

Philippe se mit devant sa jument en disant : « Gredins[4] ! je vais vous culbuter tous dans votre feu. Il y a des chevaux morts là-haut ! Allez les chercher.

– Est-il farceur, cet officier-là ! Une fois, deux fois, te déranges-tu ? répliqua un grenadier colossal. Non ! Eh ! bien, comme tu voudras alors. »

Un cri de femme domina la détonation. Philippe ne fut heureusement pas atteint ; mais Bichette, qui avait succombé, se débattait contre la mort ; trois hommes s'élancèrent et l'achevèrent à coups de baïonnette[5].

« Cannibales ! laissez-moi prendre la couverture et mes pistolets, dit Philippe au désespoir.

– Va pour les pistolets, répliqua le grenadier[6]. Quant à la couverture, voilà un fantassin[7] qui depuis deux jours n'a rien dans le fanal[8], et qui grelotte avec son méchant[9] habit de vinaigre[10]. C'est notre général… »

Philippe garda le silence en voyant un homme dont la chaussure était usée, le pantalon troué en dix endroits, et qui n'avait sur la tête qu'un mauvais bonnet de police[11] chargé de givre. Il s'empressa de prendre ses pistolets. Cinq hommes ame-

L'équipement des soldats de la Grande Armée

La campagne de Russie commence au printemps de 1812 ; Napoléon prévoit qu'elle dure seulement quelques mois. Les soldats de la Grande Armée sont équipés de vêtements et de chaussures inadaptés aux grands froids de l'hiver russe, qui commence dès octobre cette année-là, alors que les soldats russes disposent de bottes fourrées et de vestes en mouton.

1. Vêtements pauvres et usés.
2. Restaient immobiles.
3. Visant.
4. Bandits.
5. Arme pointue fixée au fusil dans le prolongement du canon.
6. Soldat de haute taille, spécialisé dans le lancement des grenades.
7. Soldat de l'infanterie, qui se déplace à pied.
8. Estomac.
9. Misérable.
10. Trop léger, inadapté au froid (*expression vieillie*).
11. Coiffure militaire.

nèrent la jument devant le foyer, et se mirent à la dépecer[12] avec autant d'adresse qu'auraient pu le faire des garçons bouchers de Paris. Les morceaux étaient miraculeusement enlevés et jetés sur des charbons. Le major alla se placer auprès de la femme, qui avait poussé un cri d'épouvante en le reconnaissant, il la trouva immobile, assise sur un coussin de la voiture et se chauffant ; elle le regarda silencieusement, sans lui sourire. Philippe aperçut alors près de lui le soldat auquel il avait confié la défense de la voiture ; le pauvre homme était blessé. Accablé par le nombre, il venait de céder aux traînards qui l'avaient attaqué ; mais, comme le chien qui a défendu jusqu'au dernier moment le dîner de son maître, il avait pris sa part du butin, et s'était fait une espèce de manteau avec un drap blanc. En ce moment, il s'occupait à retourner un morceau de la jument, et le major vit sur sa figure la joie que lui causaient les apprêts[13] du festin. Le comte de Vandières, tombé depuis trois jours comme en enfance, restait sur un coussin, près de sa femme, et regardait d'un œil fixe ces flammes dont la chaleur commençait à dissiper son engourdissement. Il n'avait pas été plus ému du danger et de l'arrivée de Philippe que du combat par suite duquel sa voiture venait d'être pillée. D'abord Sucy saisit la main de la jeune comtesse, comme pour lui donner un témoignage d'affection et lui exprimer la douleur qu'il éprouvait de la voir ainsi réduite à la dernière misère ; mais il resta silencieux près d'elle, assis sur un tas de neige qui ruisselait en fondant, et céda lui-même au bonheur de se chauffer, en oubliant le péril, en oubliant tout. Sa figure contracta malgré lui une expression de joie presque stupide, et il attendit avec impatience que le lambeau[14] de jument donné à son soldat fût rôti. L'odeur de cette chair charbonnée irritait sa faim, et sa faim faisait taire son cœur, son courage et son amour. Il contempla sans colère

12. Découper.
13. Préparatifs.
14. Morceau.

les résultats du pillage de sa voiture. Tous les hommes qui entouraient le foyer s'étaient partagé les couvertures, les coussins, les pelisses, les robes, les vêtements d'homme et de femme appartenant au comte, à la comtesse et au major. Philippe se retourna pour voir si l'on pouvait encore tirer parti de la caisse. Il aperçut, à la lueur des flammes, l'or, les diamants, l'argenterie, éparpillés sans que personne songeât à s'en approprier la moindre parcelle. Chacun des individus réunis par le hasard autour de ce feu gardait un silence qui avait quelque chose d'horrible, et ne faisait que ce qu'il jugeait nécessaire à son bien-être. Cette misère était grotesque. Les figures, décomposées par le froid, étaient enduites d'une couche de boue sur laquelle les larmes traçaient, à partir des yeux jusqu'au bas des joues, un sillon qui attestait[1] l'épaisseur de ce masque. La malpropreté de leurs longues barbes rendait ces soldats encore plus hideux. Les uns étaient enveloppés dans des châles de femme ; les autres portaient des chabraques[2] de cheval, des couvertures crottées, des haillons[3] empreints de givre qui fondait ; quelques-uns avaient un pied dans une botte et l'autre dans un soulier ; enfin il n'y avait personne dont le costume n'offrît une singularité risible. En présence de choses si plaisantes, ces hommes restaient graves et sombres. Le silence n'était interrompu que par le craquement du bois, par les pétillements de la flamme, par le lointain murmure du camp, et par les coups de sabre que les plus affamés donnaient à Bichette pour en arracher les meilleurs morceaux. Quelques malheureux, plus las[4] que les autres, dormaient, et si l'un d'eux venait à rouler dans le foyer, personne ne le relevait. Ces logiciens[5] sévères pensaient que, s'il n'était pas mort, la brûlure devait l'avertir de se mettre en un lieu plus commode. Si le malheureux se réveillait dans le feu et périssait, personne ne le plaignait. Quelques soldats

1. Prouvait.
2. Couvertures en peau de chèvre qu'on place sur le dos des chevaux.
3. Vieux vêtements déchirés.
4. Épuisés.
5. Spécialistes du raisonnement logique.

se regardaient, comme pour justifier leur propre insouciance par l'indifférence des autres. La jeune comtesse eut deux fois ce spectacle, et resta muette. Quand les différents morceaux que l'on avait mis sur des charbons furent cuits, chacun satisfit sa faim avec cette gloutonnerie qui, vue chez les animaux, nous semble dégoûtante.

« Voilà la première fois qu'on aura vu trente fantassins sur un cheval » s'écria le grenadier qui avait abattu la jument.

Ce fut la seule plaisanterie qui attestât l'esprit national[6].

Bientôt la plupart de ces pauvres soldats se roulèrent dans leurs habits, se placèrent sur des planches, sur tout ce qui pouvait les préserver du contact de la neige, et dormirent, nonchalants[7] du lendemain. Quand le major fut réchauffé et qu'il eut apaisé sa faim, un invincible besoin de dormir lui appesantit les paupières. Pendant le temps assez court que dura son débat avec le sommeil, il contempla cette jeune femme qui, s'étant tourné la figure vers le feu pour dormir, laissait voir ses yeux clos et une partie de son front ; elle était enveloppée dans une pelisse fourrée et dans un gros manteau de dragon[8] ; sa tête portait sur un oreiller taché de sang ; son bonnet d'astrakan[9], maintenu par un mouchoir noué sous le cou, lui préservait le visage du froid autant que cela était possible ; elle s'était caché les pieds dans le manteau. Ainsi roulée sur elle-même, elle ne ressemblait réellement à rien. Était-ce la dernière des vivandières[10] ? Était-ce cette charmante femme, la gloire d'un amant, la reine des bals parisiens ? Hélas ! l'œil même de son ami le plus dévoué n'apercevait plus rien de féminin dans cet amas de linges et de haillons. L'amour avait succombé sous le froid, dans le cœur d'une femme. À travers les voiles épais que le plus irrésistible de tous les sommeils étendait sur les yeux du major, il ne voyait plus le mari et la femme que comme deux

6. La tendance des Français à plaisanter.
7. Indifférents (*expression vieillie*).
8. Soldat de la cavalerie.
9. Fourrure à poils d'agneau bouclés.
10. Marchandes de vivres et de boissons accompagnant les armées.

points. Les flammes du foyer, ces figures étendues, ce froid terrible qui rugissait à trois pas d'une chaleur fugitive, tout était rêve. Une pensée importune[1] effrayait Philippe. « Nous allons tous mourir, si je dors ; je ne peux pas dormir », se disait-il. Il dormait. Une clameur terrible et une explosion réveillèrent monsieur de Sucy après une heure de sommeil. Le sentiment de son devoir, le péril[2] de son amie retombèrent tout à coup sur son cœur. Il jeta un cri semblable à un rugissement. Lui et son soldat étaient seuls debout. Ils virent une mer de feu qui découpait devant eux, dans l'ombre de la nuit, une foule d'hommes, en dévorant les bivouacs et les cabanes ; ils entendirent des cris de désespoir, des hurlements ; ils aperçurent des milliers de figures désolées et de faces furieuses. Au milieu de cet enfer, une colonne de soldats se faisait un chemin vers le pont, entre deux haies de cadavres.

« C'est la retraite de notre arrière-garde[3], s'écria le major. Plus d'espoir.

– J'ai respecté votre voiture, Philippe », dit une voix amie.

En se retournant, Sucy reconnut le jeune aide de camp à la lueur des flammes.

« Ah ! tout est perdu, répondit le major. Ils ont mangé mon cheval. D'ailleurs, comment pourrais-je faire marcher ce stupide général et sa femme ?

– Prenez un tison[4], Philippe, et menacez-les !

– Menacer la comtesse !

– Adieu ! s'écria l'aide de camp. Je n'ai que le temps de passer cette fatale rivière, et il le faut ! J'ai une mère en France ! Quelle nuit ! Cette foule aime mieux rester sur la neige, et la plupart de ces malheureux se laissent brûler plutôt que de se lever. Il est quatre heures, Philippe ! Dans deux heures, les Russes commenceront à se remuer. Je vous assure que

1. Horrible.
2. Danger.
3. Partie d'une armée qui ferme la marche.
4. Morceau de bois brûlant à une extrémité.

vous verrez la Bérésina encore une fois chargée de cadavres. Philippe, songez à vous ! Vous n'avez pas de chevaux, vous ne pouvez pas porter la comtesse ; ainsi, allons, venez avec moi, dit-il en le prenant par le bras.

– Mon ami, abandonner Stéphanie... »

Le major saisit la comtesse, la mit debout, la secoua avec la rudesse[5] d'un homme au désespoir, et la contraignit[6] de se réveiller ; elle le regarda d'un œil fixe et mort.

« Il faut marcher, Stéphanie, ou nous mourons ici. »

Pour toute réponse, la comtesse essayait de se laisser aller à terre pour dormir. L'aide de camp saisit un tison, et l'agita devant la figure de Stéphanie.

« Sauvons-la malgré elle » s'écria Philippe en soulevant la comtesse, qu'il porta dans la voiture.

Il revint implorer l'aide de son ami. Tous deux prirent le vieux général, sans savoir s'il était mort ou vivant, et le mirent auprès de sa femme. Le major fit rouler avec le pied chacun des hommes qui gisaient à terre, leur reprit ce qu'ils avaient pillé, entassa toutes les hardes sur les deux époux, et jeta dans un coin de la voiture quelques lambeaux rôtis de sa jument.

« Que voulez-vous donc faire ? lui dit l'aide de camp.

– La traîner, dit le major.

– Vous êtes fou !

– C'est vrai ! » s'écria Philippe en se croisant les bras sur la poitrine.

Il parut tout à coup saisi par une pensée de désespoir.

« Toi, dit-il en saisissant le bras valide de son soldat, je te la confie pour une heure ! Songe que tu dois plutôt mourir que de laisser approcher qui que ce soit de cette voiture. »

Le major s'empara des diamants de la comtesse, les tint d'une main, tira de l'autre son sabre, se mit à frapper rageu-

5. Brutalité.
6. L'obligea.

sement ceux des dormeurs qu'il jugeait devoir être les plus intrépides, et réussit à réveiller le grenadier colossal et deux autres hommes dont il était impossible de connaître le grade.

« Nous sommes flambés[1], leur dit-il.

– Je le sais bien, répondit le grenadier, mais ça m'est égal.

– Hé ! bien, mort pour mort, ne vaut-il pas mieux vendre sa vie pour une jolie femme, et risquer de revoir encore la France ?

– J'aime mieux dormir, dit un homme en se roulant sur la neige, et si tu me tracasses encore, major, je te fiche mon briquet[2] dans le ventre !

– De quoi s'agit-il, mon officier ? reprit le grenadier. Cet homme est ivre ! C'est un Parisien ; ça aime ses aises[3].

– Ceci sera pour toi, brave grenadier ! s'écria le major en lui présentant une rivière de diamants[4], si tu veux me suivre et te battre comme un enragé. Les Russes sont à dix minutes de marche ; ils ont des chevaux ; nous allons marcher sur leur première batterie[5] et ramener deux lapins[6].

– Mais les sentinelles, major ?

– L'un de nous trois... », dit-il au soldat.

Il s'interrompit, regarda l'aide de camp :

« Vous venez, Hippolyte, n'est-ce pas ? »

Hippolyte consentit par un signe de tête.

« L'un de nous, reprit le major, se chargera de la sentinelle. D'ailleurs ils dorment peut-être aussi, ces sacrés Russes.

– Va, major, tu es un brave ! Mais tu me mettras dans ton berlingot[7] ? dit le grenadier.

– Oui, si tu ne laisses pas ta peau là-haut.

– Si je succombais, Hippolyte ? et toi, grenadier, dit le major en s'adressant à ses deux compagnons, promettez-moi de vous dévouer au salut[8] de la comtesse.

1. Perdus (*terme d'argot militaire*).
2. Sabre court.
3. Son confort.
4. Collier de diamants.
5. Ensemble de canons.
6. Chevaux (*argot vieilli*).
7. Voiture en mauvais état (*vieilli et familier*).
8. Sauvetage.

→ Du texte à l'image p. 35

La Folle

Pierre Georges Jeanniot (1848-1934),
huile sur toile, 74 x 95 cm, 1899, musée Petiet, Limoux.

→ Du texte à l'image p. 61

La Retraite de Russie

Bernard Edouard Swebach (1800-1870), huile sur toile, 1,26 x 1,93 m, musée des Beaux-Arts et d'Archéologie, Besançon.

→ Du texte à l'image p. 61

La Guerre ou La Chevauchée de la Discorde

Henri Rousseau, dit « Le Douanier Rousseau » (1844-1910), huile sur toile, 1894, musée d'Orsay.

→ Du texte à l'image p. 83

Mad Kate (Kate la Foll

Johann Henrich Füssli (1741-1825), huile sur toile, Goethe-Museum, Francfort.

– Convenu », s'écria le grenadier.

Ils se dirigèrent vers la ligne russe, sur les batteries qui avaient si cruellement foudroyé la masse de malheureux gisant sur le bord de la rivière. Quelques moments après leur départ, le galop de deux chevaux retentissait sur la neige, et la batterie réveillée envoyait des volées qui passaient sur la tête des dormeurs ; le pas des chevaux était si précipité, qu'on eût dit des maréchaux[9] battant un fer. Le généreux aide de camp avait succombé. Le grenadier athlétique était sain et sauf. Philippe, en défendant son ami, avait reçu un coup de baïonnette dans l'épaule ; néanmoins il se cramponnait aux crins du cheval, et le serrait si bien avec ses jambes que l'animal se trouvait pris comme dans un étau.

« Dieu soit loué ! s'écria le major en retrouvant son soldat immobile et la voiture à sa place.

– Si vous êtes juste, mon officier, vous me ferez avoir la croix[10]. Nous avons joliment joué de la clarinette et du bancal[11], hein ?

– Nous n'avons encore rien fait ! Attelons les chevaux. Prenez ces cordes.

– Il n'y en a pas assez.

– Eh ! bien, grenadier, mettez-moi la main sur ces dormeurs, et servez-vous de leurs châles, de leur linge…

– Tiens, il est mort, ce farceur-là ! s'écria le grenadier en dépouillant le premier auquel il s'adressa. Ah ! c'te farce[12], ils sont morts !

– Tous ?

– Oui, tous ! Il paraît que le cheval est indigeste quand on le mange à la neige. »

Ces paroles firent trembler Philippe. Le froid avait redoublé.

9. Artisans qui ferrent les chevaux.
10. La croix de guerre, médaille récompensant les actes de bravoure des soldats.
11. Fusil et sabre (*argot militaire*).
12. Blague (*familier*).

« Dieu ! perdre une femme que j'ai déjà sauvée vingt fois. »

Le major secoua la comtesse en criant : « Stéphanie, Stéphanie ! »

La jeune femme ouvrit les yeux.

« Madame ! nous sommes sauvés.

– Sauvés », répéta-t-elle en retombant.

Les chevaux furent attelés tant bien que mal. Le major, tenant son sabre de sa meilleure main, gardant les guides de l'autre, armé de ses pistolets, monta sur un des chevaux, et le grenadier sur le second. Le vieux soldat, dont les pieds étaient gelés, avait été jeté en travers de la voiture, sur le général et sur la comtesse. Excités à coups de sabre, les chevaux emportèrent l'équipage avec une sorte de furie dans la plaine, où d'innombrables difficultés attendaient le major. Bientôt il fut impossible d'avancer sans risquer d'écraser des hommes, des femmes, et jusqu'à des enfants endormis, qui tous refusaient de bouger quand le grenadier les éveillait. En vain monsieur de Sucy chercha-t-il la route que l'arrière-garde s'était frayée naguère[1] au milieu de cette masse d'hommes, elle s'était effacée comme s'efface le sillage du vaisseau sur la mer ; il n'allait qu'au pas, le plus souvent arrêté par des soldats qui le menaçaient de tuer ses chevaux.

« Voulez-vous arriver ? lui dit le grenadier.

– Au prix de tout mon sang, au prix du monde entier, répondit le major.

– Marche ! On ne fait pas d'omelettes sans casser des œufs[2]. »

Et le grenadier de la garde poussa les chevaux sur les hommes, ensanglanta les roues, renversa les bivouacs, en se traçant un double sillon de morts à travers ce champ de

1. Peu auparavant.
2. *Proverbe* : pour atteindre son but, il faut accepter des conséquences même fâcheuses.

têtes. Mais rendons-lui la justice de dire qu'il ne se fit jamais faute[3] de crier d'une voix tonnante :

« Gare donc, charognes.

– Les malheureux ! s'écria le major.

– Bah ! ça ou le froid, ça ou le canon ! » dit le grenadier en animant les chevaux et les piquant avec la pointe de son briquet[4].

Une catastrophe qui aurait dû leur arriver bien plus tôt, et dont un hasard fabuleux les avait préservés jusque-là, vint tout à coup les arrêter dans leur marche. La voiture versa.

« Je m'y attendais, s'écria l'imperturbable grenadier. Oh ! oh ! le camarade est mort.

– Pauvre Laurent, dit le major.

– Laurent ! N'est-il pas du 5e chasseurs[5] ?

– Oui.

– C'est mon cousin. Bah ! la chienne de vie n'est pas assez heureuse pour qu'on la regrette par le temps qu'il fait. »

La voiture ne fut pas relevée, les chevaux ne furent pas dégagés sans une perte de temps immense, irréparable. Le choc avait été si violent que la jeune comtesse, réveillée et tirée de son engourdissement par la commotion[6], se débarrassa de ses vêtements et se leva.

« Philippe, où sommes-nous ? s'écria-t-elle d'une voix douce, en regardant autour d'elle.

– À cinq cents pas du pont. Nous allons passer la Bérésina. De l'autre côté de la rivière, Stéphanie, je ne vous tourmenterai plus, je vous laisserai dormir, nous serons en sûreté, nous gagnerons tranquillement Wilna[7]. Dieu veuille que vous ne sachiez jamais ce que votre vie aura coûté !

– Tu es blessé ?

– Ce n'est rien. »

Le charnier de Vilnius

En 2001, fut découvert près de Vilnius, capitale de la Lituanie, une fosse contenant des milliers de morts. Les objets – fragments d'uniformes, boutons – ont permis d'identifier des soldats de la Grande Armée. 3 500 squelettes (dont 3 % de femmes) ont été analysés, mais on estime à 40 000 le nombre de corps enfouis dans ce charnier.

3. N'oublia jamais.
4. Voir note 2, p. 48.
5. 5e régiment.
6. Le choc.
7. Actuellement Vilnius, capitale de la Lituanie.

L'heure de la catastrophe était venue. Le canon des Russes annonça le jour. Maîtres de Studzianka, ils foudroyèrent la plaine ; et aux premières lueurs du matin, le major aperçut leurs colonnes se mouvoir[1] et se former sur les hauteurs. Un cri d'alarme s'éleva du sein de la multitude, qui fut debout en un moment. Chacun comprit instinctivement son péril[2], et tous se dirigèrent vers le pont par un mouvement de vague. Les Russes descendaient avec la rapidité de l'incendie. Hommes, femmes, enfants, chevaux, tout marcha sur le pont. Heureusement le major et la comtesse se trouvaient encore éloignés de la rive. Le général Éblé venait de mettre le feu aux chevalets[3] de l'autre bord. Malgré les avertissements donnés à ceux qui envahissaient cette planche de salut[4], personne ne voulut reculer. Non seulement le pont s'abîma[5] chargé de monde ; mais l'impétuosité[6] du flot d'hommes lancés vers cette fatale berge était si furieuse, qu'une masse humaine fut précipitée dans les eaux comme une avalanche. On n'entendit pas un cri, mais le bruit sourd d'une pierre qui tombe à l'eau ; puis la Bérésina fut couverte de cadavres. Le mouvement rétrograde[7] de ceux qui se reculèrent dans la plaine pour échapper à cette mort, fut si violent, et leur choc contre ceux qui marchaient en avant fut si terrible, qu'un grand nombre de gens moururent étouffés. Le comte et la comtesse de Vandières durent la vie à leur voiture. Les chevaux, après avoir écrasé, pétri une masse de mourants, périrent écrasés, foulés aux pieds par une trombe humaine qui se porta sur la rive. Le major et le grenadier trouvèrent leur salut dans leur force. Ils tuaient pour n'être pas tués. Cet ouragan de faces humaines, ce flux et reflux de corps animés par un même mouvement eut pour résultat de laisser pendant quelques moments la rive de la Bérésina déserte. La multitude s'était

1. Bouger.
2. Danger.
3. Supports.
4. Dernier moyen de se sauver.
5. Tomba dans la Bérésina.
6. Rapidité et violence.
7. En sens inverse.

rejetée dans la plaine. Si quelques hommes se lancèrent à la rivière du haut de la berge, ce fut moins dans l'espoir d'atteindre l'autre rive qui, pour eux, était la France, que pour éviter les déserts de la Sibérie. Le désespoir devint une égide[8] pour quelques gens hardis[9]. Un officier sauta de glaçon en glaçon jusqu'à l'autre bord; un soldat rampa miraculeusement sur un amas de cadavres et de glaçons. Cette immense population finit par comprendre que les Russes ne tueraient pas vingt mille hommes sans armes, engourdis, stupides, qui ne se défendaient pas, et chacun attendit son sort avec une horrible résignation. Alors le major, son grenadier, le vieux général et sa femme restèrent seuls, à quelques pas de l'endroit où était le pont. Ils étaient là, tous quatre debout, les yeux secs, silencieux, entourés d'une masse de morts. Quelques soldats valides, quelques officiers auxquels la circonstance rendait toute leur énergie se trouvaient avec eux. Ce groupe assez nombreux comptait environ cinquante hommes. Le major aperçut à deux cents pas de là les ruines du pont fait pour les voitures, et qui s'était brisé l'avant-veille.

« Construisons un radeau », s'écria-t-il.

À peine avait-il laissé tomber cette parole que le groupe entier courut vers ces débris. Une foule d'hommes se mit à ramasser des crampons de fer, à chercher des pièces de bois, des cordes, enfin tous les matériaux nécessaires à la construction du radeau. Une vingtaine de soldats et d'officiers armés formèrent une garde commandée par le major pour protéger les travailleurs contre les attaques désespérées que pourrait tenter la foule en devinant leur dessein[10]. Le sentiment de la liberté qui anime les prisonniers et leur inspire des miracles ne peut pas se comparer à celui qui faisait agir en ce moment ces malheureux Français.

8. Protection. L'égide était le bouclier de Zeus, dans la mythologie grecque.
9. Courageux.
10. Projet.

« Voilà les Russes ! voilà les Russes ! » criaient aux travailleurs ceux qui les défendaient.

Et les bois criaient, le plancher croissait[1] de largeur, de hauteur, de profondeur. Généraux, soldats, colonels, tous pliaient sous le poids des roues, des fers, des cordes, des planches : c'était une image réelle de la construction de l'arche de Noé. La jeune comtesse, assise auprès de son mari, contemplait ce spectacle avec le regret de ne pouvoir contribuer en rien à ce travail ; cependant elle aidait à faire des nœuds pour consolider les cordages. Enfin, le radeau fut achevé. Quarante hommes le lancèrent dans les eaux de la rivière, tandis qu'une dizaine de soldats tenaient les cordes qui devaient servir à l'amarrer près de la berge. Aussitôt que les constructeurs virent leur embarcation flottant sur la Bérésina, ils s'y jetèrent du haut de la rive avec un horrible égoïsme. Le major, craignant la fureur de ce premier mouvement, tenait Stéphanie et le général par la main ; mais il frissonna quand il vit l'embarcation noire de monde et les hommes pressés dessus comme des spectateurs au parterre d'un théâtre.

« Sauvages ! s'écria-t-il, c'est moi qui vous ai donné l'idée de faire le radeau ; je suis votre sauveur, et vous me refusez une place. »

Une rumeur confuse servit de réponse. Les hommes placés au bord du radeau, et armés de bâtons qu'ils appuyaient sur la berge, poussaient avec violence le train de bois, pour le lancer vers l'autre bord et lui faire fendre les glaçons et les cadavres.

« Tonnerre de Dieu ! je vous fiche à l'eau si vous ne recevez pas le major et ses deux compagnons », s'écria le grenadier, qui leva son sabre, empêcha le départ, et fit serrer les rangs, malgré des cris horribles.

L'arche de Noé

L'histoire de Noé est racontée dans la Bible et dans le Coran. Dieu, mécontent des hommes, décide de les noyer sous un déluge. Mais il accepte de sauver Noé, considéré comme un homme juste et honnête. Il lui ordonne de construire un navire, l'arche, et d'y embarquer avec sa famille et des spécimens de chaque espèce animale. Après le déluge, l'arche s'échoue sur le mont Ararat et tous les occupants de l'arche débarquent pour repeupler la Terre.

1. Augmentait.

« Je vais tomber ! je tombe ! criaient ses compagnons. Partons ! en avant ! »

Le major regardait d'un œil sec sa maîtresse, qui levait les yeux au ciel par un sentiment de résignation sublime.

« Mourir avec toi ! » dit-elle.

Il y avait quelque chose de comique dans la situation des gens installés sur le radeau. Quoiqu'ils poussassent des rugissements affreux, aucun d'eux n'osait résister au grenadier ; car ils étaient si pressés, qu'il suffisait de pousser une seule personne pour tout renverser. Dans ce danger, un capitaine essaya de se débarrasser du soldat qui aperçut le mouvement hostile de l'officier, le saisit et le précipita dans l'eau en lui disant :

« Ah ! ah ! canard, tu veux boire ! Va !

– Voilà deux places ! s'écria-t-il. Allons, major, jetez-nous votre petite femme et venez ! Laissez ce vieux roquentin[2] qui crèvera demain.

– Dépêchez-vous ! cria une voix composée de cent voix.

– Allons, major. Ils grognent, les autres, et ils ont raison. »

Le comte de Vandières se débarrassa de ses vêtements, et se montra debout dans son uniforme de général.

« Sauvons le comte », dit Philippe.

Stéphanie serra la main de son ami, se jeta sur lui et l'embrassa par une horrible étreinte.

« Adieu ! » dit-elle.

Ils s'étaient compris. Le comte de Vandières retrouva ses forces et sa présence d'esprit pour sauter dans l'embarcation, où Stéphanie le suivit après avoir donné un dernier regard à Philippe.

« Major, voulez-vous ma place ? Je me moque de la vie, s'écria le grenadier. Je n'ai ni femme, ni enfant, ni mère.

2. Vieux militaire (*mot vieilli*).

– Je te les confie, cria le major en désignant le comte et sa femme.

– Soyez tranquille, j'en aurai soin comme de mon œil. »

Le radeau fut lancé avec tant de violence vers la rive opposée à celle où Philippe restait immobile, qu'en touchant terre la secousse ébranla tout. Le comte, qui était au bord, roula dans la rivière. Au moment où il y tombait, un glaçon lui coupa la tête, et la lança au loin, comme un boulet.

« Hein ! major ! cria le grenadier.

– Adieu ! » cria une femme.

Philippe de Sucy tomba glacé d'horreur, accablé par le froid, par le regret et par la fatigue.

Pause lecture 2

Deuxième partie

Le passage de la Bérésina

Un épisode tragique l. 1 à 119

Avez-vous bien lu ?

L'histoire se passe :

❑ avant la partie de chasse ?
❑ pendant la partie de chasse ?
❑ après la partie de chasse ?

La déroute de la Grande Armée

1 Les noms propres et les dates sont-ils exacts (voir p. 105) ? Qu'en déduisez-vous sur le travail du romancier ?

2 Comment le gros de l'armée a-t-il pu traverser la Bérésina ? Pour quelles raisons les traînards préfèrent-ils la mort à l'effort ? Comment le romancier fait-il sentir l'état d'épuisement des troupes et le caractère tragique de l'épisode ?

3 Pourquoi le général donne-t-il l'ordre à Eblé de brûler les bivouacs ? Commentez l'expression : « (il) commença son œuvre charitable en brûlant les bivouacs » (l. 114-115) ?

Un « tableau » (l. 10 à 87)

4 Comment le narrateur traduit-il l'immensité du « spectacle » (l. 82) sur la rive de la Bérésina ? Relevez les indications de couleurs et de lumière : que soulignent-elles ?

5 Quelles phrases marquent, après le tableau historique, le retour au récit ? Justifiez votre réponse.

« Sauvons-la » ! l. 120 à 496

Avez-vous bien lu ?

Pour se procurer des chevaux, le major Philippe :

- ❑ les capture dans le camp des Russes ?
- ❑ les échange contre des diamants ?
- ❑ les vole près d'un bivouac ?

Le major Philippe (l. 120 à 176)

1 Sur quel ton se déroule le dialogue entre les deux jeunes soldats ? Relevez des expressions familières : pourquoi le romancier les emploie-t-il ?

2 Pour quelle raison le major Philippe désigne-t-il ses deux amis comme des « marmottes » ? Que sous-entend cette dénomination ? Comment s'expliquent l'énergie et le dynamisme du major ?

Le dernier bivouac (l. 177 à 315)

3 Quels éléments indiquent que les notions d'ordre social et de respect des valeurs ont disparu ?

Marcher ou mourir (l. 315 à 496)

4 Comment se justifie, lors de la marche vers le pont, l'expression « on ne fait pas d'omelette sans casser des œufs » (l. 461-462) ?

5 Que révèle le bref dialogue entre Stéphanie et Philippe ? En quoi contraste-t-il avec ce qui précède ?

La catastrophe l. 497 à 632

Avez-vous bien lu ?

Le comte de Vandières meurt :

- ❏ noyé dans la Bérésina ?
- ❏ écrasé par un cheval ?
- ❏ décapité par un bloc de glace ?

Le passage de la foule (l. 497 à 538)

1 Repérez les étapes de la description de la foule. Quels éléments contribuent à accentuer la panique ? Comment le romancier rend-il l'horreur de la situation ?

Le radeau (l. 538 à 570)

2 Quels changements d'attitude entraîne la construction du radeau ? Comment s'expliquent-ils ?

3 Quels procédés d'écriture traduisent l'énergie et l'efficacité des constructeurs ?

Le sacrifice (l. 571 à 632)

4 Quels éléments contribuent au « comique » ? Font-ils rire ?

5 « Ils s'étaient compris » (l. 615) : expliquez les implications de cette expression.

6 Qu'appelle-t-on « l'ironie du sort » ? Pourquoi cette formule s'applique-t-elle au destin du couple ?

Vers l'expression

Vocabulaire

1. **Employez les mots *tache* et *tâche* dans deux phrases qui en éclaireront le sens.**

2. **Remplacez *et* par un adverbe de même sens dans les phrases suivantes.**

« Je suis votre sauveur, **et** vous me refusez une place. » – « Jetez-nous votre petite femme **et** venez ! » – « Ils grognent, les autres, **et** ils ont raison. »

3. **Le radeau sur la Bérésina est comparé à l'arche de Noé. Quelle est l'origine des expressions suivantes ? Employez-les dans des phrases où elles auront un sens figuré.**

Les flammes de l'enfer – un lieu paradisiaque – se vendre pour un plat de lentilles – être pauvre comme Job – la tour de Babel.

À vous de jouer

Écrivez un récit.

Que signifie de nos jours l'exclamation « C'est la Bérésina ! » ? Rédigez un court récit que se terminera par cette expression.

Recherche et expression orale

Cherchez au CDI ou sur Internet quelles œuvres ou quels artistes ont évoqué l'histoire du radeau d'Ulysse, du radeau de Robinson, du radeau de *La Méduse*. Résumez oralement ces histoires devant vos camarades.

Du texte à l'image

Observez les tableaux → voir dossier images p. II et III

Bernard Édouard Swebach (1800-1870), *La Retraite de Russie*, huile sur toile, 1,26 x 1,93 m, musée des Beaux-Arts et d'Archéologie, Besançon.

Henri Rousseau, dit « Le Douanier Rousseau » (1844-1910), *La Guerre ou La Chevauchée de la Discorde*, huile sur toile, 1894, musée d'Orsay.

1. Décrivez le tableau p. II, en allant du premier plan à l'arrière-plan. Quels éléments rappellent ce que vous savez de la campagne de Russie ?
2. Quelles impressions le peintre veut-il créer chez le spectateur ? Comment ?
3. Quels points communs et quelles différences trouvez-vous entre le tableau de Rousseau p. III et le précédent ? Produisent-ils les mêmes impressions ?
4. Analysez le titre du tableau de Rousseau : la représentation est-elle réaliste ou allégorique ? et celle du tableau de Swebach ?
5. Pour vous, quel peintre traduit le plus nettement les horreurs de la guerre ? Développez votre point de vue.

« Ma pauvre nièce était devenue folle, ajouta le médecin après un moment de silence. Ah ! monsieur, reprit-il en saisissant la main de monsieur d'Albon, combien la vie a été affreuse pour cette petite femme, si jeune, si délicate ! Après avoir été, par un malheur inouï, séparée de ce grenadier de la garde, nommé Fleuriot, elle a été traînée, pendant deux ans, à la suite de l'armée, le jouet d'un tas de misérables. Elle allait, m'a-t-on dit, pieds nus, mal vêtue, restait des mois entiers sans soins, sans nourriture ; tantôt gardée dans les hôpitaux, tantôt chassée comme un animal. Dieu seul connaît les malheurs auxquels cette infortunée a pourtant survécu. Elle était dans une petite ville d'Allemagne, enfermée avec des fous, pendant que ses parents, qui la croyaient morte, partageaient ici sa succession. En 1816, le grenadier Fleuriot la reconnut dans une auberge de Strasbourg, où elle venait d'arriver après s'être évadée de sa prison. Quelques paysans racontèrent au grenadier que la comtesse avait vécu un mois entier dans une forêt, et qu'ils l'avaient traquée pour s'emparer d'elle, sans pouvoir y parvenir. J'étais alors à quelques lieues de Strasbourg. En entendant parler d'une fille sauvage, j'eus le désir de vérifier les faits extraordinaires qui donnaient matière à des contes ridicules. Que devins-je en reconnaissant la comtesse ? Fleuriot m'apprit tout ce qu'il savait de cette déplorable histoire. J'emmenai ce pauvre homme avec ma nièce en Auvergne, où j'eus le malheur de le perdre. Il avait un peu d'empire[1] sur madame de Vandières. Lui seul a pu obtenir d'elle qu'elle s'habillât. « Adieu ! » ce mot qui, pour elle, est toute la langue, elle le disait jadis rarement. Fleuriot avait entrepris de réveiller en elle quelques idées ; mais il a échoué, et n'a gagné que de lui faire prononcer un peu plus souvent cette triste parole. Le

Les « enfants sauvages »

On a appelé « enfants sauvages » des enfants abandonnés ou perdus dans des forêts, sans contact avec les humains, et « adoptés » parfois par des animaux, ours ou loups. Le cas le plus célèbre est celui de Victor de l'Aveyron, découvert en 1797. Le docteur Itard avait tenté en vain de l'éduquer et de lui apprendre à parler. Son histoire est retracée dans le film de François Truffaut *L'Enfant sauvage* (1970).

1. Influence.

grenadier savait la distraire et l'occuper en jouant avec elle ; et par lui, j'espérais, mais…

L'oncle de Stéphanie se tut pendant un moment.

« Ici, reprit-il, elle a trouvé une autre créature avec laquelle elle paraît s'entendre. C'est une paysanne idiote[2], qui, malgré sa laideur et sa stupidité, a aimé un maçon. Ce maçon a voulu l'épouser, parce qu'elle possède quelques quartiers de terre[3]. La pauvre Geneviève a été pendant un an la plus heureuse créature qu'il y eût au monde. Elle se parait[4], et allait le dimanche danser avec Dallot ; elle comprenait l'amour ; il y avait place dans son cœur et dans son esprit pour un sentiment. Mais Dallot a fait des réflexions. Il a trouvé une jeune fille qui a son bon sens et deux quartiers de terre de plus que n'en a Geneviève. Dallot a donc laissé Geneviève. Cette pauvre créature a perdu le peu d'intelligence que l'amour avait développé en elle, et ne sait plus que garder les vaches ou faire de l'herbe[5]. Ma nièce et cette pauvre fille sont en quelque sorte unies par la chaîne invisible de leur commune destinée, et par le sentiment qui cause leur folie. Tenez, voyez ? » dit l'oncle de Stéphanie en conduisant le marquis d'Albon à la fenêtre.

Le magistrat aperçut en effet la jolie comtesse assise à terre entre les jambes de Geneviève. La paysanne, armée d'un énorme peigne d'os, mettait toute son attention à démêler la longue chevelure noire de Stéphanie, qui se laissait faire en jetant des cris étouffés dont l'accent trahissait un plaisir instinctivement ressenti. Monsieur d'Albon frissonna en voyant l'abandon du corps et la nonchalance animale qui trahissait chez la comtesse une complète absence de l'âme.

« Philippe ! Philippe ! s'écria-t-il, les malheurs passés ne sont rien. N'y a-t-il donc point d'espoir ? » demanda-t-il.

2. Arriérée mentale de naissance.
3. Champs assez vastes.
4. Faisait belle.
5. Couper de l'herbe pour nourrir des animaux.

Le vieux médecin leva les yeux au ciel.

« Adieu, monsieur, dit monsieur d'Albon en serrant la main du vieillard. Mon ami m'attend, vous ne tarderez pas à le voir.

– C'est donc bien elle, s'écria Sucy après avoir entendu les premiers mots du marquis d'Albon. Ah ! j'en doutais encore ! ajouta-t-il en laissant tomber quelques larmes de ses yeux noirs, dont l'expression était habituellement sévère.

– Oui, c'est la comtesse de Vandières », répondit le magistrat.

Le colonel se leva brusquement et s'empressa de s'habiller.

« Hé ! bien, Philippe, dit le magistrat stupéfait, deviendrais-tu fou ?

– Mais je ne souffre plus, répondit le colonel avec simplicité. Cette nouvelle a calmé toutes mes douleurs. Et quel mal pourrait se faire sentir quand je pense à Stéphanie ? Je vais aux Bons-Hommes, la voir, lui parler, la guérir. Elle est libre. Eh ! bien, le bonheur nous sourira, ou il n'y aurait pas de Providence[1]. Crois-tu donc que cette pauvre femme puisse m'entendre et ne pas recouvrer[2] la raison ?

– Elle t'a déjà vu sans te reconnaître, répliqua doucement le magistrat, qui, s'apercevant de l'espérance exaltée[3] de son ami, cherchait à lui inspirer des doutes salutaires[4]. »

Le colonel tressaillit ; mais il se mit à sourire en laissant échapper un léger mouvement d'incrédulité[5]. Personne n'osa s'opposer au dessein[6] du colonel. En peu d'heures, il fut établi[7] dans le vieux prieuré, auprès du médecin et de la comtesse de Vandières.

« Où est-elle ? s'écria-t-il en arrivant.

– Chut ! lui répondit l'oncle de Stéphanie. Elle dort. Tenez, la voici. »

1. Bienveillance divine.
2. Retrouver.
3. Passionnée.
4. Sains et utiles.
5. Doute.
6. Projet.
7. Installé.

Philippe vit la pauvre folle accroupie au soleil sur un banc. Sa tête était protégée contre les ardeurs de l'air par une forêt de cheveux épars[8] sur son visage; ses bras pendaient avec grâce jusqu'à terre; son corps gisait[9] élégamment posé comme celui d'une biche; ses pieds étaient pliés sous elle, sans effort; son sein se soulevait par intervalles égaux; sa peau, son teint avaient cette blancheur de porcelaine qui nous fait tant admirer la figure transparente des enfants. Immobile auprès d'elle, Geneviève tenait à la main un rameau que Stéphanie était sans doute allée détacher de la plus haute cime d'un peuplier, et l'idiote agitait doucement ce feuillage au-dessus de sa compagne endormie, pour chasser les mouches et fraîchir l'atmosphère. La paysanne regarda monsieur Fanjat et le colonel; puis, comme un animal qui a reconnu son maître, elle retourna lentement la tête vers la comtesse, et continua de veiller sur elle, sans avoir donné la moindre marque d'étonnement ou d'intelligence. L'air était brûlant. Le banc de pierre semblait étinceler, et la prairie élançait vers le ciel ces lutines[10] vapeurs qui voltigent et flambent au-dessus des herbes comme une poussière d'or; mais Geneviève paraissait ne pas sentir cette chaleur dévorante. Le colonel serra violemment les mains du médecin dans les siennes. Des pleurs échappés des yeux du militaire roulèrent le long de ses joues mâles, et tombèrent sur le gazon, aux pieds de Stéphanie.

« Monsieur, dit l'oncle, voilà deux ans que mon cœur se brise tous les jours. Bientôt vous serez comme moi. Si vous ne pleurez pas, vous n'en sentirez pas moins votre douleur.

– Vous l'avez soignée », dit le colonel dont les yeux exprimaient autant de reconnaissance que de jalousie.

Ces deux hommes s'entendirent; et, de nouveau, se pressant fortement la main, ils restèrent immobiles, en contem-

8. Répandus en désordre.
9. Était couché.
10. Vives et gaies comme des lutins.

plant le calme admirable que le sommeil répandait sur cette charmante créature. De temps en temps, Stéphanie poussait un soupir, et ce soupir, qui avait toutes les apparences de la sensibilité, faisait frissonner d'aise le malheureux colonel.

« Hélas, lui dit doucement monsieur Fanjat, ne vous abusez pas, monsieur, vous la voyez en ce moment dans toute sa raison. »

Ceux qui sont restés avec délices pendant des heures entières occupés à voir dormir une personne tendrement aimée, dont les yeux devaient leur sourire au réveil, comprendront sans doute le sentiment doux et terrible qui agitait le colonel. Pour lui, ce sommeil était une illusion ; le réveil devait être une mort, et la plus horrible de toutes les morts. Tout à coup un jeune chevreau accourut en trois bonds vers le banc, flaira[1] Stéphanie, que ce bruit réveilla ; elle se mit légèrement sur ses pieds, sans que ce mouvement effrayât le capricieux animal ; mais quand elle eut aperçu Philippe, elle se sauva, suivie de son compagnon quadrupède, jusqu'à une haie de sureaux[2] ; puis, elle jeta ce petit cri d'oiseau effarouché[3] que déjà le colonel avait entendu près de la grille où la comtesse était apparue à monsieur d'Albon pour la première fois. Enfin, elle grimpa sur un faux ébénier[4], se nicha dans la houppe[5] verte de cet arbre, et se mit à regarder l'étranger avec l'attention du plus curieux de tous les rossignols de la forêt.

« Adieu, adieu, adieu ! » dit-elle sans que l'âme communiquât une seule inflexion[6] sensible à ce mot.

C'était l'impassibilité de l'oiseau sifflant son air.

« Elle ne me reconnaît pas, s'écria le colonel au désespoir. Stéphanie ! c'est Philippe, ton Philippe, Philippe. »

Et le pauvre militaire s'avança vers l'ébénier ; mais quand il fut à trois pas de l'arbre, la comtesse le regarda, comme

1. Sentit.
2. Arbustes à fleurs odorantes.
3. Apeuré.
4. Arbrisseau à fleurs jaunes.
5. Touffe.
6. Tonalité.

pour le défier, quoiqu'une sorte d'expression craintive passât dans son œil ; puis, d'un seul bond, elle se sauva de l'ébénier sur un acacia, et, de là, sur un sapin du Nord, où elle se balança de branche en branche avec une légèreté inouïe.

« Ne la poursuivez pas, dit monsieur Fanjat au colonel. Vous mettriez entre elle et vous une aversion[7] qui pourrait devenir insurmontable ; je vous aiderai à vous en faire connaître et à l'apprivoiser. Venez sur ce banc. Si vous ne faites point attention à cette pauvre folle, alors vous ne tarderez pas à la voir s'approcher insensiblement pour vous examiner.

– Elle ! ne pas me reconnaître, et me fuir », répéta le colonel en s'asseyant le dos contre un arbre dont le feuillage ombrageait un banc rustique ; et sa tête se pencha sur sa poitrine. Le docteur garda le silence. Bientôt la comtesse descendit doucement du haut de son sapin, en voltigeant comme un feu follet[8], en se laissant aller parfois aux ondulations que le vent imprimait aux arbres. Elle s'arrêtait à chaque branche pour épier[9] l'étranger ; mais, en le voyant immobile, elle finit par sauter sur l'herbe, se mit debout, et vint à lui d'un pas lent, à travers la prairie. Quand elle se fut posée contre un arbre qui se trouvait à dix pieds[10] environ du banc, monsieur Fanjat dit à voix basse au colonel :

« Prenez adroitement, dans ma poche droite, quelques morceaux de sucre, et montrez-les-lui, elle viendra ; je renoncerai volontiers, en votre faveur, au plaisir de lui donner des friandises. À l'aide du sucre, qu'elle aime avec passion, vous l'habituerez à s'approcher de vous et à vous reconnaître.

– Quand elle était femme, répondit tristement Philippe, elle n'avait aucun goût pour les mets sucrés. »

Lorsque le colonel agita vers Stéphanie le morceau de sucre qu'il tenait entre le pouce et l'index de la main droite,

7. Haine.
8. Personne très vive, insaisissable.
9. Guetter.
10. Ancienne unité de mesure (30 cm environ).

elle poussa de nouveau son cri sauvage, et s'élança vivement sur Philippe ; puis elle s'arrêta, combattue par la peur instinctive qu'il lui causait ; elle regardait le sucre et détournait la tête alternativement, comme ces malheureux chiens à qui leurs maîtres défendent de toucher à un mets avant qu'on ait dit une des dernières lettres de l'alphabet qu'on récite lentement. Enfin la passion bestiale triompha de la peur ; Stéphanie se précipita sur Philippe, avança timidement sa jolie main brune pour saisir sa proie, toucha les doigts de son amant, attrapa le sucre et disparut dans un bouquet de bois. Cette horrible scène acheva d'accabler le colonel, qui fondit en larmes et s'enfuit dans le salon.

« L'amour aurait-il donc moins de courage que l'amitié ? lui dit monsieur Fanjat. J'ai de l'espoir, monsieur le baron. Ma pauvre nièce était dans un état bien plus déplorable que celui où vous la voyez.

– Est-ce possible ? s'écria Philippe.

– Elle restait nue », reprit le médecin.

Le colonel fit un geste d'horreur et pâlit ; le docteur crut reconnaître dans cette pâleur quelques fâcheux symptômes, il vint lui tâter le pouls, et le trouva en proie à une fièvre violente ; à force d'instances[1], il parvint à le faire mettre au lit, et lui prépara une légère dose d'opium, afin de lui procurer un sommeil calme.

Huit jours environ s'écoulèrent, pendant lesquels le baron de Sucy fut souvent aux prises avec des angoisses mortelles ; aussi bientôt ses yeux n'eurent-ils plus de larmes. Son âme, souvent brisée, ne put s'accoutumer[2] au spectacle que lui présentait la folie de la comtesse, mais il pactisa[3], pour ainsi dire, avec cette cruelle situation, et trouva des adoucissements dans sa douleur. Son héroïsme ne connut pas de bornes. Il

1. Demandes insistantes.
2. S'habituer.
3. Passa un accord.

eut le courage d'apprivoiser Stéphanie, en lui choisissant des friandises; il mit tant de soin à lui apporter cette nourriture, il sut si bien graduer[4] les modestes conquêtes qu'il voulait faire sur l'instinct de sa maîtresse, ce dernier lambeau de son intelligence, qu'il parvint à la rendre plus privée[5] qu'elle ne l'avait jamais été. Le colonel descendait chaque matin dans le parc; et si, après avoir longtemps cherché la comtesse, il ne pouvait deviner sur quel arbre elle se balançait mollement, ni le coin dans lequel elle s'était tapie[6] pour y jouer avec un oiseau, ni sur quel toit elle s'était perchée, il sifflait l'air si célèbre de *Partant pour la Syrie*, auquel se rattachait le souvenir d'une scène de leurs amours. Aussitôt Stéphanie accourait avec la légèreté d'un faon. Elle s'était si bien habituée à voir le colonel, qu'il ne l'effrayait plus; bientôt elle s'accoutuma à s'asseoir sur lui, à l'entourer de son bras sec et agile. Dans cette attitude, si chère aux amants, Philippe donnait lentement quelques sucreries à la friande[7] comtesse. Après les avoir mangées toutes, il arrivait souvent à Stéphanie de visiter les poches de son ami par des gestes qui avaient la vélocité[8] mécanique des mouvements du singe. Quand elle était bien sûre qu'il n'y avait plus rien, elle regardait Philippe d'un œil clair, sans idées, sans reconnaissance; elle jouait alors avec lui; elle essayait de lui ôter ses bottes pour voir son pied, elle déchirait ses gants, mettait son chapeau; mais elle lui laissait passer les mains dans sa chevelure, lui permettait de la prendre dans ses bras, et recevait sans plaisir des baisers ardents[9]; enfin, elle le regardait silencieusement quand il versait des larmes; elle comprenait bien le sifflement de: *Partant pour la Syrie*; mais il ne put réussir à lui faire prononcer son propre nom de Stéphanie! Philippe était soutenu dans son horrible entreprise par un espoir qui ne l'abandonnait jamais. Si, par une belle

Partant pour la Syrie

Cette romance était célèbre dans les salons mondains de l'époque napoléonienne. La musique était attribuée à la Reine Hortense, belle-fille de Napoléon. Il s'agit d'une chanson d'amour qui a pour refrain: « Amour à la plus belle/ Honneur au plus vaillant ».

4. Avancer progressivement.
5. Apprivoisée (*sens vieilli*).
6. Cachée.
7. Gourmande.
8. Rapidité.
9. Passionnés.

matinée d'automne, il voyait la comtesse paisiblement assise sur un banc, sous un peuplier jauni, le pauvre amant se couchait à ses pieds, et la regardait dans les yeux aussi longtemps qu'elle voulait bien se laisser voir, en espérant que la lumière qui s'en échappait redeviendrait intelligente ; parfois, il se faisait illusion, il croyait avoir aperçu ces rayons durs et immobiles, vibrant de nouveau, amollis, vivants, et il s'écriait :

« Stéphanie ! Stéphanie ! tu m'entends, tu me vois ! »

Mais elle écoutait le son de cette voix comme un bruit, comme l'effort du vent qui agitait les arbres, comme le mugissement de la vache sur laquelle elle grimpait ; et le colonel se tordait les mains de désespoir, désespoir toujours nouveau. Le temps et ces vaines épreuves ne faisaient qu'augmenter sa douleur. Un soir, par un ciel calme, au milieu du silence et de la paix de ce champêtre asile, le docteur aperçut de loin le baron occupé à charger un pistolet. Le vieux médecin comprit que Philippe n'avait plus d'espoir ; il sentit tout son sang affluer à son cœur, et s'il résista au vertige qui s'emparait de lui, c'est qu'il aimait mieux voir sa nièce vivante et folle que morte. Il accourut.

« Que faites-vous ! dit-il.

– Ceci est pour moi, répondit le colonel en montrant sur le banc un pistolet chargé, et voilà pour elle ! » ajouta-t-il en achevant de fouler la bourre[1] au fond de l'arme qu'il tenait.

La comtesse était étendue à terre, et jouait avec les balles.

« Vous ne savez donc pas, reprit froidement le médecin qui dissimula son épouvante, que cette nuit, en dormant, elle a dit : « Philippe !

– Elle m'a nommé ! » s'écria le baron en laissant tomber son pistolet que Stéphanie ramassa ; mais il le lui arracha des mains, s'empara de celui qui était sur le banc, et se sauva.

1. Enfoncer des débris de tissu au-dessus de la balle pour la maintenir au fond du canon.

« Pauvre petite », s'écria le médecin, heureux du succès qu'avait eu sa supercherie[2]. Il pressa la folle sur son sein, et dit en continuant : « Il t'aurait tuée, l'égoïste ! Il veut te donner la mort, parce qu'il souffre. Il ne sait pas t'aimer pour toi, mon enfant ! Nous lui pardonnons, n'est-ce pas ? Il est insensé, et toi ? tu n'es que folle. Va ! Dieu seul doit te rappeler près de lui. Nous te croyons malheureuse, parce que tu ne participes plus à nos misères, sots que nous sommes ! Mais, dit-il en l'asseyant sur ses genoux, tu es heureuse, rien ne te gêne ; tu vis comme l'oiseau, comme le daim[3]. »

Elle s'élança sur un jeune merle qui sautillait, le prit en jetant un petit cri de satisfaction, l'étouffa, le regarda mort, et le laissa au pied d'un arbre sans plus y penser.

Le lendemain, aussitôt qu'il fit jour, le colonel descendit dans les jardins, il chercha Stéphanie, il croyait au bonheur ; ne la trouvant pas, il siffla. Quand sa maîtresse fut venue, il la prit par le bras ; et, marchant pour la première fois ensemble, ils allèrent sous un berceau d'arbres flétris dont les feuilles tombaient sous la brise matinale. Le colonel s'assit, et Stéphanie se posa d'elle-même sur lui. Philippe en trembla d'aise.

« Mon amour, lui dit-il en baisant avec ardeur les mains de la comtesse, je suis Philippe. »

Elle le regarda avec curiosité.

« Viens, ajouta-t-il en la pressant. Sens-tu battre mon cœur ! Il n'a battu que pour toi. Je t'aime toujours. Philippe n'est pas mort, il est là, tu es sur lui. Tu es ma Stéphanie, et je suis ton Philippe.

– Adieu, dit-elle, adieu. »

Le colonel frissonna, car il crut s'apercevoir que son exaltation[4] se communiquait à sa maîtresse. Son cri déchirant,

2. Tromperie.
3. Animal de la famille du cerf.
4. Excitation de l'esprit.

excité par l'espoir, ce dernier effort d'un amour éternel, d'une passion délirante, réveillait la raison de son amie.

« Ah ! Stéphanie, nous serons heureux. »

Elle laissa échapper un cri de satisfaction, et ses yeux eurent un vague éclair d'intelligence.

« Elle me reconnaît ! Stéphanie ! »

Le colonel sentit son cœur se gonfler, ses paupières devenir humides. Mais il vit tout à coup la comtesse lui montrer un peu de sucre qu'elle avait trouvé en le fouillant pendant qu'il parlait. Il avait donc pris pour une pensée humaine ce degré de raison que suppose la malice du singe. Philippe perdit connaissance. Monsieur Fanjat trouva la comtesse assise sur le corps du colonel. Elle mordait son sucre en témoignant son plaisir par des minauderies[1] qu'on aurait admirées si, quand elle avait sa raison, elle eût voulu imiter par plaisanterie sa perruche ou sa chatte.

« Ah ! mon ami, s'écria Philippe en reprenant ses sens, je meurs tous les jours, à tous les instants ! J'aime trop ! Je supporterais tout si, dans sa folie, elle avait gardé un peu du caractère féminin. Mais la voir toujours sauvage et même dénuée de[2] pudeur, la voir…

– Il vous fallait donc une folie d'opéra, dit aigrement le docteur. Et vos dévouements d'amour sont donc soumis à des préjugés[3] ? Hé quoi ! monsieur, je me suis privé pour vous du triste bonheur de nourrir ma nièce, je vous ai laissé le plaisir de jouer avec elle, je n'ai gardé pour moi que les charges les plus pesantes. Pendant que vous dormez, je veille sur elle, je… Allez, monsieur, abandonnez-la. Quittez ce triste ermitage. Je sais vivre avec cette chère petite créature ; je comprends sa folie, j'épie ses gestes, je suis dans ses secrets. Un jour, vous me remercierez. »

La folie à l'opéra

Les scènes de folie sont très fréquentes dans les opéras de toutes les époques. D'abord plutôt masculines et « furieuses », elles deviennent à la fin du XVIIIe siècle et au début du XIXe siècle plus souvent féminines, douces et émouvantes, et rencontrent un grand succès auprès du public.

1. Attitudes de séduction (mines, gestes, propos) qui manquent de naturel.
2. Dépourvue de.
3. Idées toutes faites.

Le colonel quitta les Bons-Hommes, pour n'y plus revenir qu'une fois. Le docteur fut épouvanté de l'effet qu'il avait produit sur son hôte, il commençait à l'aimer à l'égal de sa nièce. Si des deux amants il y en avait un digne de pitié, c'était certes Philippe : ne portait-il pas à lui seul le fardeau d'une épouvantable douleur ! Le médecin fit prendre des renseignements sur le colonel, et apprit que le malheureux s'était réfugié dans une terre qu'il possédait près de Saint-Germain. Le baron avait, sur la foi[4] d'un rêve, conçu un projet pour rendre la raison à la comtesse. À l'insu du docteur[5], il employait le reste de l'automne aux préparatifs de cette immense entreprise. Une petite rivière coulait dans son parc, où elle inondait en hiver un grand marais qui ressemblait à peu près à celui qui s'étendait le long de la rive droite de la Bérésina. Le village de Satout[6], situé sur une colline, achevait d'encadrer cette scène d'horreur, comme Studzianka enveloppait la plaine de la Bérésina. Le colonel rassembla des ouvriers pour faire creuser un canal qui représentât la dévorante rivière où s'étaient perdus les trésors de la France, Napoléon et son armée. Aidé par ses souvenirs, Philippe réussit à copier dans son parc la rive où le général Éblé avait construit ses ponts. Il planta des chevalets[7] et les brûla de manière à figurer les ais[8] noirs et à demi consumés qui, de chaque côté de la rive, avaient attesté[9] aux traînards que la route de France leur était fermée. Le colonel fit apporter des débris semblables à ceux dont s'étaient servis ses compagnons d'infortune pour construire leur embarcation. Il ravagea son parc, afin de compléter l'illusion sur laquelle il fondait sa dernière espérance. Il commanda des uniformes et des costumes délabrés, afin d'en revêtir plusieurs centaines de paysans. Il éleva des cabanes, des bivouacs, des batteries

4. En faisant confiance à.
5. Sans que le docteur le sache.
6. Chatou.
7. Voir note 7, p. 39.
8. Planches de bois (*mot vieilli*).
9. Montré.

qu'il incendia. Enfin, il n'oublia rien de ce qui pouvait reproduire la plus horrible de toutes les scènes, et il atteignit à son but. Vers les premiers jours du mois de décembre, quand la neige eut revêtu la terre d'un épais manteau blanc, il reconnut la Bérésina. Cette fausse Russie était d'une si épouvantable vérité, que plusieurs de ses compagnons d'armes reconnurent la scène de leurs anciennes misères. Monsieur de Sucy garda le secret de cette représentation tragique, de laquelle, à cette époque, plusieurs sociétés[1] parisiennes s'entretinrent comme d'une folie.

Au commencement du mois de janvier 1820, le colonel monta dans une voiture semblable à celle qui avait amené monsieur et madame de Vandières de Moscou à Studzianka, et se dirigea vers la forêt de l'Isle-Adam. Il était traîné par des chevaux à peu près semblables à ceux qu'il était allé chercher au péril de sa vie dans les rangs des Russes. Il portait les vêtements souillés et bizarres, les armes, la coiffure qu'il avait le 29 novembre 1812. Il avait même laissé croître[2] sa barbe, ses cheveux, et négligé son visage, pour que rien ne manquât à cette affreuse vérité.

« Je vous ai deviné, s'écria monsieur Fanjat en voyant le colonel descendre de voiture. Si vous voulez que votre projet réussisse, ne vous montrez pas dans cet équipage. Ce soir, je ferai prendre à ma nièce un peu d'opium. Pendant son sommeil, nous l'habillerons comme elle l'était à Studzianka, et nous la mettrons dans cette voiture. Je vous suivrai dans une berline[3]. »

Sur les deux heures du matin, la jeune comtesse fut portée dans la voiture, posée sur des coussins, et enveloppée d'une grossière couverture. Quelques paysans éclairaient ce singulier enlèvement.

1. Groupes de personnes.
2. Pousser.
3. Voiture à cheval.

Tout à coup, un cri perçant retentit dans le silence de la nuit. Philippe et le médecin se retournèrent et virent Geneviève qui sortait demi-nue de la chambre basse où elle couchait.

« Adieu, adieu, c'est fini, adieu, criait-elle en pleurant à chaudes larmes.

– Hé bien, Geneviève, qu'as-tu ? » lui dit monsieur Fanjat.

Geneviève agita la tête par un mouvement de désespoir, leva le bras vers le ciel, regarda la voiture, poussa un long grognement, donna des marques visibles d'une profonde terreur, et rentra silencieuse.

« Cela est de bon augure[4], s'écria le colonel. Cette fille regrette de n'avoir plus de compagne. Elle voit peut-être que Stéphanie va recouvrer la raison.

– Dieu le veuille », dit monsieur Fanjat qui parut affecté[5] de cet incident.

Depuis qu'il s'était occupé de la folie, il avait rencontré plusieurs exemples de l'esprit prophétique[6] et du don de seconde vue dont quelques preuves ont été données par des aliénés[7], et qui se retrouvent, au dire de plusieurs voyageurs, chez les tribus sauvages.

Ainsi que le colonel l'avait calculé, Stéphanie traversa la plaine fictive de la Bérésina sur les neuf heures du matin, elle fut réveillée par une boîte[8] qui partit à cent pas de l'endroit où la scène avait lieu. C'était un signal. Mille paysans poussèrent une effroyable clameur, semblable au hourra de désespoir qui alla épouvanter les Russes, quand vingt mille traînards se virent livrés par leur faute à la mort ou à l'esclavage. À ce cri, à ce coup de canon, la comtesse sauta hors de la voiture, courut avec une délirante angoisse sur la place neigeuse, vit les bivouacs brûlés, et le fatal radeau que l'on jetait dans une Bérésina glacée. Le major Philippe était là,

4. C'est bon signe.
5. Troublé.
6. Capacité à dire l'avenir.
7. Malade mentaux.
8. Petite charge d'explosifs.

faisant tournoyer son sabre sur la multitude. Madame de Vandières laissa échapper un cri qui glaça tous les cœurs, et se plaça devant le colonel, qui palpitait. Elle se recueillit, regarda d'abord vaguement cet étrange tableau. Pendant un instant aussi rapide que l'éclair, ses yeux eurent la lucidité dépourvue d'intelligence que nous admirons dans l'œil éclatant des oiseaux ; puis elle passa la main sur son front avec l'expression vive d'une personne qui médite, elle contempla ce souvenir vivant, cette vie passée traduite devant elle, tourna vivement la tête vers Philippe, et le vit. Un affreux silence régnait au milieu de la foule. Le colonel haletait et n'osait parler, le docteur pleurait. Le beau visage de Stéphanie se colora faiblement ; puis, de teinte en teinte, elle finit par reprendre l'éclat d'une jeune fille étincelant de fraîcheur. Son visage devint d'un beau pourpre[1]. La vie et le bonheur, animés par une intelligence flamboyante, gagnaient de proche en proche comme un incendie. Un tremblement convulsif se communiqua des pieds au cœur. Puis ces phénomènes, qui éclatèrent en un moment, eurent comme un lien commun quand les yeux de Stéphanie lancèrent un rayon céleste, une flamme animée. Elle vivait, elle pensait ! Elle frissonna, de terreur peut-être ! Dieu déliait lui-même une seconde fois cette langue morte, et jetait de nouveau son feu dans cette âme éteinte. La volonté humaine vint avec ses torrents électriques et vivifia ce corps d'où elle avait été si longtemps absente.

« Stéphanie, cria le colonel.

– Oh ! c'est Philippe », dit la pauvre comtesse.

Elle se précipita dans les bras tremblants que le colonel lui tendait, et l'étreinte des deux amants effraya les spectateurs. Stéphanie fondait en larmes. Tout à coup ses pleurs se

1. Rouge.

séchèrent, elle se cadavérisa[2] comme si la foudre l'eût touchée, et dit d'un son de voix faible :

« Adieu, Philippe. Je t'aime, adieu !

– Oh ! elle est morte », s'écria le colonel en ouvrant les bras.

Le vieux médecin reçut le corps inanimé de sa nièce, l'embrassa comme eût fait un jeune homme, l'emporta et s'assit avec elle sur un tas de bois. Il regarda la comtesse en lui posant sur le cœur une main débile[3] et convulsivement[4] agitée. Le cœur ne battait plus.

« C'est donc vrai, dit-il en contemplant tour à tour le colonel immobile et la figure de Stéphanie sur laquelle la mort répandait cette beauté resplendissante, fugitive auréole, le gage peut-être d'un brillant avenir.

– Oui, elle est morte.

– Ah ! ce sourire, s'écria Philippe, voyez donc ce sourire ! Est-ce possible ?

– Elle est déjà froide », répondit monsieur Fanjat.

Monsieur de Sucy fit quelques pas pour s'arracher à ce spectacle ; mais il s'arrêta, siffla l'air qu'entendait la folle, et, ne voyant pas sa maîtresse accourir, il s'éloigna d'un pas chancelant, comme un homme ivre, sifflant toujours, mais ne se retournant plus.

Le général Philippe de Sucy passait dans le monde pour un homme très aimable et surtout très gai. Il y a quelques jours, une dame le complimenta sur sa bonne humeur et sur l'égalité de son caractère.

« Ah ! madame, lui dit-il, je paie mes plaisanteries bien cher, le soir, quand je suis seul.

– Êtes-vous donc jamais seul ?

– Non », répondit-il en souriant.

2. Devint cadavre.
3. Sans force.
4. De façon mécanique, involontaire et violente.

Si un observateur judicieux de la nature humaine avait pu voir en ce moment l'expression du comte de Sucy, il en eût frissonné peut-être.

« Pourquoi ne vous mariez-vous pas ? reprit cette dame qui avait plusieurs filles dans un pensionnat. Vous êtes riche, titré, de noblesse ancienne ; vous avez des talents, de l'avenir, tout vous sourit.

– Oui, répondit-il, mais il est un sourire qui me tue. »

Le lendemain la dame apprit avec étonnement que monsieur de Sucy s'était brûlé la cervelle[1] pendant la nuit. La haute société s'entretint diversement de cet événement extraordinaire, et chacun en cherchait la cause. Selon les goûts de chaque raisonneur, le jeu, l'amour, l'ambition, des désordres cachés, expliquaient cette catastrophe, dernière scène d'un drame qui avait commencé en 1812. Deux hommes seulement, un magistrat et un vieux médecin, savaient que monsieur le comte de Sucy était un de ces hommes forts auxquels Dieu donne le malheureux pouvoir de sortir tous les jours triomphants d'un horrible combat qu'ils livrent à quelque monstre inconnu. Que, pendant un moment, Dieu leur retire sa main puissante, ils succombent.

Paris, mars 1830.

1. Tué en se tirant une balle dans la tête.

Pause lecture 3

Troisième partie

La guérison ?

« Elle ne me reconnaît pas ! » l. 1 à 210

Avez-vous bien lu ?

Stéphanie et Geneviève sont « unies par leur commune destinée », parce que :

- ❏ elles ont perdu l'homme qu'elles aimaient ?
- ❏ elles ont été enfermées dans un asile ?
- ❏ elles ont été abandonnées par leurs parents ?

Les épreuves de la folie

1 Comment Stéphanie a-t-elle été traitée avant d'être retrouvée par son oncle ? Quels « progrès » a-t-elle accomplis depuis ? Par quelles méthodes ?

2 Relevez les comparaisons et métaphores qui décrivent la jeune femme : quel comparant revient le plus souvent ? Où ce même procédé a-t-il déjà été employé ?

« La voir, lui parler, la guérir »

3 Qu'espère Philippe après avoir retrouvé Stéphanie ?

Une cruelle déception

4 Quel sentiment la vue de Philippe inspire-t-elle à la comtesse ? Relevez les mots qui l'expriment.

5 Quelles preuves le colonel a-t-il de l'amnésie de Stéphanie ?

6 Comment réagit-il à cette découverte ? À quel événement de la première partie cette réaction fait-elle écho ?

« Elle m'a nommé ! » l. 211 à 341

Avez-vous bien lu ?

Le colonel siffle pour Stéphanie l'air de :

- ❏ *Partant pour l'Italie ?*
- ❏ *Partant pour la Syrie ?*
- ❏ *Partant pour l'Arménie ?*

La reconquête (l. 211 à 262)

1 Relevez le champ lexical de la guerre : pourquoi est-il utilisé ici ?

2 Quels éléments rapprochent le comportement des personnages de celui d'un couple amoureux ?

Projet funeste et pieux mensonge (l. 262 à 318)

3 Dans quel but le docteur Fanjat raconte-t-il un mensonge au baron ? En quoi le comportement de Stéphanie semble-t-il confirmer l'amélioration de son état de conscience ?

Le renvoi

4 Quel aspect de la folie de la comtesse est le plus insupportable aux yeux de son amant ?

5 Que veut dire la réplique du médecin : « il vous fallait donc une folie d'opéra » (l. 332) ? Pourquoi le docteur Fanjat met-il un terme au séjour de son hôte ?

« Un sourire qui me tue » l. 342 à 518

Avez-vous bien lu ?

Après la mort de la comtesse, le colonel :

- ❑ est devenu fou ?
- ❑ s'est suicidé ?
- ❑ s'est exilé ?

Le décor (l. 342 à 382)

1 Relevez le champ lexical du théâtre dans le passage.

Préparatifs et pressentiments (l. 383 à 423)

2 Quelle aide le médecin apporte-t-il au colonel ? Comment la passivité de la malade est-elle soulignée ? Quel rôle joue l'épisode concernant Geneviève ?

Un dénouement tragique (l. 424 à 488)

3 Par quelles étapes passe le retour de Stéphanie à la conscience ? Comment s'explique sa mort, selon vous ?

L'épilogue (l. 489 à 517)

4 Quelle image la société mondaine se fait-elle de Philippe de Sucy ?

5 Quelle explication le narrateur donne-t-il au suicide du colonel ?

Vers l'expression

Vocabulaire

1. **Trouvez des antonymes des mots suivants :**
incrédulité – illusion – sauvage – héroïsme – fictive.

2. **Donnez le sens des mots suivants dans le texte, puis employez-les dans des phrases où ils auront des sens différents.**
Empire (l. 26) – reconnaître (l. 83) – jouet (l. 7) – sauvage (l. 21).

3. **a. Cherchez l'origine étymologique du mot *raison*, puis trouvez le plus grand nombre possible de mots appartenant à cette famille.**

b. Employez dans une phrase chacune des expressions :
avoir *raison* – avoir ses *raisons* — rendre *raison* – perdre (ou recouvrer) la *raison* – donner *raison* – (il faut) *raison* garder.

À vous de jouer

Rédigez un devoir de réflexion.

« Le cœur a ses raisons que la raison ne connaît pas. » Expliquez le sens de cette citation de Blaise Pascal (1623-1662).
Pourrait-elle s'appliquer au comportement de Philippe de Sucy pendant le passage de la Bérésina, puis dans ses tentatives pour guérir Stéphanie de Vandières ?
Répondez à ces questions en construisant un ou plusieurs paragraphes argumentatifs.

Faites une recherche.

Faites une enquête sur deux « enfants sauvages » du XIXe siècle : Victor de l'Aveyron et Gaspar Hauser ; cherchez quels auteurs de textes ou de films s'en sont inspiré.

Du texte à l'image

Observez le tableau → voir dossier images p. IV

J.H. Füssli (1741-1825), *Mad Kate* (*Kate la Folle*), huile sur toile, Goethe-Museum, Francfort.

1. Décrivez le tableau du premier plan à l'arrière-plan : correspond-il bien à son titre ?
2. Tracez les diagonales et les médianes, puis décrivez la composition du tableau : que met-elle en valeur ?
3. Observez les indications de mouvements : que traduisent-elles ?
4. Quelle direction prend le regard du personnage ? Quel est l'effet produit ?
5. Pourquoi peut-on inscrire ce tableau dans le mouvement « romantique » ?
6. Comparez *Kate la folle* avec le tableau de la page I du dossier images : quels points communs et quelles différences voyez-vous entre ces représentations de la folie ?

Vers le brevet

Au brevet,
l'épreuve de français est sur 40 points.
Première partie
Questions : 15 points
Réécriture : 5 points
Seconde partie
Rédaction : 15 points
Dictée : 5 points

Texte p. 43-44, l. 238 à 288

Questions (15 points)

1. La faim (4 points)

1 **a.** Que signifie l'expression « réduite à la dernière misère » (l. 241) ? (0,5 point)
b. Employez le mot « réduit(e) » dans une phrase où il aura un sens différent. (0,5 point)

2 Pourquoi le jeune homme reste-t-il finalement « silencieux » (l. 241) ? (1 point)

3 « il attendit avec impatience que le lambeau de jument donné à son soldat fût rôti. » (l. 245-246)
a. Réécrivez la phrase en remplaçant « il attendit » par « il attend ». (0,5 point)
b. Dites quels sont la voix, le mode et le temps de « fût rôti ». (1,5 point)

2. « Cette misère était grotesque. » (3,5 points)

4 Quel verbe introduit le passage descriptif des lignes 248 à 269 ?
Relevez deux autres verbes appartenant au même champ lexical. (1,5 point)

5 « Il aperçut, à la lueur des flammes, l'or... la moindre parcelle. » (l. 254 à 256)
a. Réécrivez cette phrase en remplaçant la subordination par une coordination. Quel lien logique unit les deux propositions ? (1 point)
b. Comment cette phrase est-elle explicitée par la suivante ? (1 point)

3. Un tableau vivant (6 points)

6 Quelles sensations sont évoquées dans les lignes 270 à 274 ? (2 points)

7 Relevez les pronoms et adjectifs indéfinis de la ligne 264 à 285 et dégagez l'organisation de la description. (2 points)

8 Décomposez le mot « insouciance » (l. 280).
Quel est son sens dans le contexte ? (1 point)

9 Qui prononce la dernière phrase de l'extrait ? Que signifie-t-elle ? (1 point)

4. Pour conclure (1,5 point)

10 Le romancier porte-t-il des jugements sur la scène qu'il décrit ?
Si oui, lesquels ? Justifiez vos réponses. (1,5 point)

Réécriture (5 points)

Récrivez les lignes 238 à 246 à la 1re personne du singulier.
Votre texte commencera par : « D'abord je... ».

Rédactions

Sujet d'imagination

Avant l'arrivée de Philippe, la voiture de la comtesse a été arrêtée et pillée par les soldats. Imaginez et racontez cette scène.

Sujet de réflexion

Les êtres humains placés dans des conditions extrêmes qui menacent leur survie, se comportent-ils toujours comme des animaux dépourvus de sentiments et de conscience ?

Vous donnerez à cette question une réponse argumentée et nuancée, en vous fondant sur des exemples tirés d'événements récents, de vos connaissances historiques, littéraires, artistiques, cinématographiques, etc.

Bertall, illustration pour *Adieu* de Balzac, « La comtesse de Vandières mourant dans le bras du vieux médecin », gravure, 1842, BnF, Paris.

Après la lecture

Genre

La nouvelle balzacienne

Thème

La représentation de la folie

Genre

La nouvelle balzacienne

On appelle « réalistes » les nouvelles qui racontent des histoires vraisemblables, situées dans des lieux et des temps réels, et qui mettent en scène des personnages qui auraient pu exister.

◆ Les caractéristiques de la nouvelle réaliste

La nouvelle est un **récit court** : elle peut en principe se lire d'une seule traite. *Adieu* est parue en trois épisodes dans l'hebdomadaire *La Mode*, fondé en 1829 par Émile de Girardin.

La nouvelle est un **récit concentré** : contrairement au roman, elle se focalise sur un seul événement, met en action un petit nombre de personnages, ne comporte pas de digressions. Le récit *Adieu* est centré sur Philippe de Sucy et sur la femme qu'il aime, Stéphanie de Vandières ; le passage de la Bérésina est l'événement qui gouverne leur destinée.

« Une histoire tragique »

La nouvelle se clôt généralement par une **chute**, c'est-à-dire un dénouement surprenant ou dramatique. Dans *Adieu*, la mort de Stéphanie au moment même où elle retrouve la mémoire, puis le suicide du colonel donnent à l'histoire un caractère tragique.

La nouvelle réaliste s'inscrit dans un **univers connu des lecteurs** : elle se situe à une époque précise, ne fait pas intervenir de forces surnaturelles, raconte des événements qui auraient pu survenir dans la réalité. Les personnages d'*Adieu* – magistrats, militaires, médecins, femmes du monde, malades mentaux – s'insèrent dans la société réelle de la Restauration. Ils ont vécu des événements qui se sont déroulés réellement moins de vingt ans avant la rédaction du récit.

◆ Le projet balzacien

La nouvelle *Adieu* s'insère dans une vaste ensemble de différents récits – nouvelles et romans – que Balzac intitulera *La Comédie humaine*.

L'histoire collective: la nouvelle fut d'abord intitulé *Souvenirs soldatesques. Adieu*. Ce titre met l'accent sur l'épisode central du passage de la Bérésina, qui, pour les lecteurs de 1830, fait partie de l'histoire récente. Le projet de Balzac est en effet de restituer par ses œuvres la « modernité ».

L'histoire de la vie privée: en 1832, le texte de la nouvelle est inséré dans *les Scènes de la vie privée*, avec pour titre *Le Devoir d'une femme*. L'accent se déplace alors sur le personnage de Stéphanie, et sur le dilemme où la place la tragédie du radeau: elle pourrait abandonner à son sort son vieux mari et être sauvée avec son amant. Mais le couple – ou Philippe ? – fait un autre choix: il reste fidèle au sacrement du mariage, qui demande à l'épouse de rester, quoi qu'il arrive, auprès de son mari.

La réflexion philosophique: en plaçant *Adieu* dans les *Études philosophiques*, en 1835, Balzac dévoile un troisième aspect de son projet: montrer les forces qui s'exercent sur et dans l'homme. Stéphanie perd la mémoire et la raison à cause du traumatisme provoqué par les horreurs de la guerre qui la séparent définitivement de l'homme qu'elle aime. Philippe de Sucy est, lui, rongé et détruit par une obsession: être reconnu par la femme qu'il aime et qui est devenue démente. Son destin lui inspire une conduite déraisonnable et finalement suicidaire. Ce thème de l'obsession qui rend fou ou qui tue sera repris dans des romans comme *La Peau de chagrin*, *La Recherche de l'absolu* ou *La Cousine Bette*. ■

> ***« Montrer les forces qui s'exercent dans l'homme. »***

La représentation de la folie

Balzac dépeint dans *Adieu* plusieurs maladies mentales, en se fondant sur des croyances, sur des traditions romanesques, sur les connaissances médicales de son époque, et sur ses théories philosophiques personnelles.

◆ Geneviève, l'idiote

Geneviève présente les caractéristiques de ce qu'on appelle alors « idiotie » : absence de développement intellectuel, langage réduit à des « grognements » ou à des mots isolés. L'idiotie est considérée comme irréversible. Le docteur Fanjat n'essaie pas de soigner Geneviève ; mais il raconte qu'elle a gagné un peu d'intelligence quand elle a été amoureuse. Balzac reprend là une croyance et un thème littéraire courants : l'amour heureux pourrait être un remède à la folie.

« De l'amour à la folie »

Une autre caractéristique supposée de l'idiotie apparaît à la fin du récit. Au moment où Stéphanie part pour la fausse Bérésina, Geneviève crie : « Adieu, c'est fini ». Le docteur y voit la manifestation de « l'esprit prophétique et du don de seconde vue » qui caractériseraient certains aliénés. Il reflète ainsi les théories de magnétiseurs et de médecins de l'époque de Balzac.

◆ Stéphanie, la démente

La démence de Stéphanie fait suite aux traumatismes de la campagne de Russie. Elle se traduit par l'amnésie, le mutisme, un comportement presque animal : agilité, familiarité avec les bêtes, gourmandise, peur des hommes. Or, ces conduites rappellent celles de Victor de l'Aveyron, « l'enfant sauvage ». Le docteur Itard, dans ses écrits de 1801 et 1807, rapporte que Victor vivait nu, était très habile à grimper aux arbres, gourmand, prononçant quelques mots. Balzac fait donc de son héroïne plus une « fille sauvage » qu'une vraie démente.

En revanche, les « traitements » qui lui sont appliqués sont conformes aux prescriptions des médecins du temps. Pinel (1745-1826) préconisait le traitement par la parole. Le grenadier Fleuriot a obtenu par la patience que la comtesse reste vêtue; le docteur Fanjat veille à sa tranquillité, essaie de l'apprivoiser. Esquirol (1772-1840) préférait la « méthode perturbatrice »: créer un choc pour annuler les effets du traumatisme premier. C'est ce que fait Philippe, avec succès. Quand Stéphanie revit la scène de la Bérésina, elle retrouve sa lucidité, elle reconnaît son amant.

Malheureusement, le choc est trop fort pour l'organisme, et Stéphanie meurt comme « foudroyée ». Cette mort est conforme à la théorie de Balzac sur la « force vitale », mélange d'émotion et de pensée, capable de tuer si elle se libère avec trop de violence.

◆ Philippe, le « monomane »

La santé mentale de Philippe de Sucy a été fortement ébranlée par ce qu'il a vécu en Russie. À plusieurs reprises, sous l'effet d'émotions vives, il est victime de syncopes, de fièvre, et frôle la mort. Il est également en proie à des obsessions : guérir Stéphanie devient une idée fixe qui le rapproche des fous qu'au XIXe siècle, on appelle « monomanes ». Il consacre sa fortune et son temps à préparer la secousse morale qui doit réveiller la mémoire de Stéphanie. Après la mort de Stéphanie, Philippe se dit obsédé par « un sourire qui [le] tue », et livre contre un « monstre inconnu » un combat qu'il finit par perdre. Son suicide est l'ultime manifestation d'un mal qui l'a rongé et détruit.

> *« Un héros en proie à des obsessions »*

La mort de Stéphanie et de Philippe est conforme à la théorie de Balzac sur les liens entre santé physique et vie psychique : de nombreux personnages de la *Comédie humaine* seront ainsi détruits par la force de leurs pensées et de leurs passions. ■

Napoléon Ier Bonaparte au passage de la Bérésina, lithographie en couleurs,
in : Le Grand Napoléon des petits enfants, Paris, Plon, 1894, collection Archiv F. Kunst, Berlin.

Autre lecture

Mémoires du sergent Bourgogne

1812-1813

Extraits

Découvrez un autre récit du passage de la Bérésina...

Qui est le sergent Bourgogne ?

François Bourgogne (1785-1867)

François Bourgogne s'engage dans la Garde impériale à vingt ans. Il participe aux campagnes de Napoléon (Pologne, Allemagne, Autriche, Espagne, Portugal). Il est blessé à la bataille d'Essling (1809). En 1812, il est nommé sergent et participe à la campagne de Russie. Il fait partie des rescapés de la Bérésina, mais il est blessé en Prusse en 1813 et fait prisonnier. Il commence alors à écrire ses mémoires. Après la chute de Napoléon, il revient dans sa ville natale et reprend le métier de son père, drapier.

Autre lecture

Le passage de la Bérésina

Je ne me rappelle pas, à aucune époque de ma vie, avoir jamais eu autant envie de dormir, et cependant il fallait suivre. Mes amis me prirent encore sous les bras en me recommandant de dormir, chose que nous fûmes obligés de faire chacun notre tour, car le sommeil s'empara aussi d'eux. Il nous est arrivé plusieurs fois de nous trouver arrêtés et endormis tous trois. Heureusement que le froid, ce jour-là, avait beaucoup diminué, car le sommeil nous aurait infailliblement[1] conduits à la mort. [...]

Le lendemain 26, nous allâmes prendre position sur les bords de la Bérésina. L'Empereur était, depuis le matin, à Studianka, petit village situé sur une hauteur et en face.

En arrivant, nous vîmes les braves pontonniers[2] travaillant à la construction des ponts, pour notre passage. Ils avaient passé toute la nuit, travaillant dans l'eau jusqu'aux épaules, au milieu des glaçons, et encouragés par leur général. Ils sacrifiaient leur vie pour sauver l'armée. Un de mes amis m'a assuré avoir vu l'Empereur leur présentant du vin.

À deux heures de l'après-midi, le premier pont fut fait. La construction fut pénible et difficile, car les chevalets[3] s'enfonçaient toujours dans la vase. Aussitôt, le corps[4] du maréchal Oudinot le traversa pour attaquer les Russes qui auraient voulu s'opposer à notre passage. Déjà, avant que le pont fût fini, de la cavalerie du deuxième corps avait passé le fleuve à la nage ; chaque cavalier portait en croupe[5] un fantassin[6]. Le second pont, pour l'artillerie et la cavalerie, fut terminé à quatre heures.

1. Sans aucun doute.
2. Soldats chargés de construire des ponts pour l'armée.
3. Tréteaux de bois servant de supports.
4. Régiment.
5. Derrière lui, sur le dos du cheval.
6. Soldat de l'infanterie, qui marche à pied.

Un instant après notre arrivée sur le bord de la Bérésina, je m'étais couché, enveloppé dans ma peau d'ours et, aussitôt, je tremblai de la fièvre. Je fus longtemps dans le délire ; je croyais être chez mon père, mangeant des pommes de terre et une tartine à la flamande, et buvant de la bière. Je ne sais combien de temps je fus dans cette situation, mais je me rappelle que mes amis m'apportèrent, dans une gamelle, du bouillon de cheval très chaud que je pris avec plaisir et qui, malgré le froid, me fit transpirer, car, indépendamment de la peau d'ours qui m'enveloppait, mes amis, pendant que je tremblais, m'avaient couvert avec une grande toile cirée qu'ils avaient arrachée d'un dessus de caisson[1] de l'état-major[2] sans chevaux. Je passai le reste de la journée et de la nuit sans bouger.

Le lendemain 27 [novembre], j'étais un peu mieux, mais extraordinairement faible. Ce jour-là, l'Empereur passa la Bérésina avec une partie de la Garde et environ mille hommes appartenant au corps du maréchal Ney. C'était une partie du reste de son corps d'armée. Notre régiment resta sur le bord. Je m'entendis appeler par mon nom : je levai la tête et reconnut M. Péniaux, directeur des postes et des relais de l'Empereur, qui, en voyant le régiment où il savait que j'étais, s'était informé de moi. On lui avait dit que j'étais malade. Il venait, non pour me donner des secours, puisqu'il n'avait rien pour lui-même, mais pour m'encourager. Je le remerciai de l'intérêt qu'il me témoignait, en ajoutant que je pensais que je ne passerais pas la Bérésina, que je ne reverrais plus la France, mais que lui, si, plus heureux que moi, il avait le bonheur de retourner au pays, je le priais de dire à mes parents dans quelle triste situation il m'avait vu. Il m'offrit de l'argent, je le remerciai, car j'avais la valeur de huit cents

1. Grande caisse montée sur roues pour le transport des munitions.
2. Ensemble des officiers supérieurs.

francs que j'aurais volontiers donnés pour la tartine, les pommes de terre que j'avais cru manger chez moi. […]

Auprès de notre feu était un soldat de la compagnie qui se mettait en grande tenue : je lui en demandai la raison. Sans me répondre, il se mit à rire en me regardant. Cet homme était malade ; son rire était le rire de la mort, car il succomba pendant la nuit.

Un peu plus loin, c'était un vieux soldat ayant deux chevrons[3], ou, si l'on veut, quinze ans de service. Sa femme était cantinière[4] ; ils avaient tout perdu : voitures, chevaux, bagages, ainsi que deux enfants morts dans la neige. Il ne restait plus, à cette pauvre femme, que le désespoir et son mari mourant. Cette malheureuse, jeune encore, était assise sur la neige, tenant sur ses genoux la tête de son mari mourant et sans connaissance. Elle ne pleurait pas, car, chez elle, la douleur était trop grande. Derrière elle et appuyée sur son épaule, était une jeune fille de treize à quatorze ans, belle comme un ange, seule enfant qui leur restait. Cette pauvre enfant pleurait en sanglotant. Ses larmes tombaient et allaient se geler sur la figure froide de son père. Elle avait, pour tout vêtement, une capote[5] de soldat sur une mauvaise robe et une peau de mouton sur les épaules, pour la préserver du froid. Plus personne du régiment auquel ils appartenaient n'était là pour la consoler. Le régiment n'existait plus. Nous fîmes tout ce qui était possible en pareille circonstance ; je n'ai pu savoir si cette malheureuse famille avait été secourue. De quelque côté que l'on se tournât, c'était tableaux semblables.

Les voitures et les caissons abandonnés nous fournissaient du bois sec pour nous chauffer ; aussi, nous en profitâmes. […]

3. Galons en forme de V renversé qui indiquent l'ancienneté dans l'armée.
4. Femme qui suit les troupes en campagne et leur vend nourriture et boisson.
5. Manteau de soldat ample et lourd.

Le 2e corps d'armée, commandé par le maréchal Oudinot, ainsi que le 9e, commandé par le maréchal Victor, duc de Bellune, et les Polonais par le général Dombrowski, n'avaient pas été à Moscou ; ils étaient restés en Lituanie, dans des cantonnements[1], mais, depuis quelques jours, ils se battaient contre les Russes, les avaient repoussés et leur avaient pris une quantité considérable de bagages qui nous embarrassaient ; mais, en se retirant, les Russes avaient brûlé le pont, le seul qui existait sur la Bérésina, ce qui arrêtait notre marche et nous tenait bloqués au milieu d'un marais, entre deux forêts, tous réunis en masse, Français, Italiens, Espagnols, Portugais, Croates, Allemands, Polonais, Romains, Napolitains, et même des Prussiens.

Les cantiniers, avec leurs femmes et leurs enfants au désespoir, pleuraient. On a remarqué que les hommes avaient plus souffert que les femmes, moralement et physiquement. J'ai vu les femmes supporter avec un courage admirable toutes les peines et les privations auxquelles elles étaient assujetties[2]. Il y en a même qui faisaient honte à certains hommes, qui ne savaient pas supporter l'adversité[3] avec courage et résignation. Bien peu de ces femmes succombèrent[4], moins celles qui tombèrent dans la Bérésina en passant le pont, ou qui furent étouffées.

À l'entrée de la nuit, nous fûmes assez tranquilles. Chacun s'était retiré dans ses bivacs[5] et, chose étonnante, plus personne ne se présentait pour passer le pont ; pendant toute la nuit du 27 au 28, il fut libre. Comme nous avions du bon feu, je m'endormis, mais, au milieu de la nuit, la fièvre me reprit, et j'étais encore dans le délire, lorsqu'un coup de canon me réveilla. Il faisait jour. Il pouvait être sept heures. Je me levai, je pris mes armes et, sans rien dire

1. Lieux où s'installent des troupes pour un séjour temporaire.
2. Soumises.
3. Le malheur.
4. Moururent.
5. Ancienne forme pour *bivouac*, campement provisoire.

ni prévenir personne, je me présentai à la tête du pont et je traversai absolument seul. Je n'y rencontrai personne que des pontonniers qui bivaquaient sur les deux rives pour y remédier[6] lorsqu'il y arrivait quelque accident.

[Le régiment traverse à son tour. Le colonel envoie le sergent Bourgogne attendre les retardataires près du pont pour les regrouper. Il y rencontre Gros-Jean, un caporal qui ne retrouve plus son frère et qui est décidé à repasser le pont pour aller à sa recherche.]

Voulant le détourner d'une résolution aussi funeste[7], je l'engage[8] à rester près de moi à la tête du pont où, probablement, nous verrions son frère lorsqu'il se présenterait. Mais ce brave garçon se débarrasse de ses armes et de son sac en me disant que, puisque j'avais perdu le mien, il me faisait cadeau du sien, s'il ne revenait pas. Alors il va pour s'élancer à la tête du pont : je l'arrête ; je lui montre les morts et les mourants dont le pont est déjà encombré et qui empêchent les autres de traverser en les attrapant par les jambes, roulant ensemble dans la Bérésina, pour reparaître ensuite au milieu des glaçons, et disparaître aussitôt pour faire place à d'autres. Gros-Jean ne m'entendait pas. Les yeux fixés sur cette scène d'horreur, il croit apercevoir son frère sur le pont, qui se débat au milieu de la foule pour se frayer un chemin. Alors, n'écoutant que son désespoir, il monte sur les cadavres d'hommes et de chevaux qui obstruaient[9] la sortie du pont et s'élance. Les premiers le repoussent, en trouvant un nouvel obstacle à leur passage. Il ne se rebute[10] pas ; Gros-Jean était fort et robuste ; il est repoussé jusqu'à trois fois. À la fin, il atteint le malheureux qu'il croyait son frère, mais ce n'est pas

6. Faire des réparations.
7. D'un projet aussi dangereux.
8. Lui conseille fortement.
9. Bouchaient.
10. Il ne se décourage pas.

lui ; je voyais tous ses mouvements, je le suivais des yeux. Alors, voyant sa méprise[1], il n'en est que plus ardent à vouloir atteindre l'autre bord, mais il est renversé sur le dos, sur le bord du pont, prêt à être précipité en bas. On lui marche sur le ventre, sur la tête ; rien ne peut l'abattre. Il retrouve de nouvelles forces et se relève en saisissant par la jambe un cuirassier[2] qui, à son tour, pour se retenir, saisit un autre soldat par un bras ; mais le cuirassier, qui avait un manteau sur les épaules, s'embarrasse dedans, chancelle[3], tombe et roule dans la Bérésina, entraînant avec lui Gros-Jean et celui qui le tenait par le bras. Ils vont grossir le nombre des cadavres qu'il y avait au-dessous et des deux côtés du pont.

Le cuirassier et l'autre avaient disparu sous les glaçons, mais Gros-Jean, plus heureux, avait saisi un chevalet où il se tenait cramponné et contre lequel se trouvait, en travers, un cheval sur lequel il se mit à genoux. Il implorait le secours de ceux qui ne l'écoutaient pas. Mais des sapeurs du génie[4] et des pontonniers qui avaient fait les ponts lui jetèrent une corde qu'il eut assez d'adresse pour saisir et de force pour tenir, et se l'attacha autour du corps. Ensuite, de chevalet en chevalet, sur les cadavres qui étaient dans l'eau sur les glaçons, les pontonniers le retirèrent à l'autre bord. Mais je ne le revis plus ; j'ai su, le lendemain, qu'il avait retrouvé son frère à une demi lieue de là, mais expirant, et que lui-même était dans un état désespéré. […]

Il pouvait être dix heures ; le second pont, désigné pour la cavalerie et l'artillerie, venait de s'abîmer[5] sous le poids de l'artillerie, au moment où il y avait beaucoup d'hommes dessus, dont une grande partie périt[6]. Alors le désordre redoubla car, tous se jetant sur le premier pont,

1. Son erreur.
2. Soldat d'une unité de cavalerie.
3. Perd l'équilibre.
4. Soldats chargés des travaux de terrassement.
5. S'écrouler.
6. Mourut.

il n'y avait plus de possibilité de se frayer[7] un passage. Hommes, chevaux, voitures, cantiniers avec leurs femmes et leurs enfants, tout était confondu et écrasé, et, malgré les cris du général Lefebvre placé à l'entrée du pont pour maintenir l'ordre autant que possible, il lui fut impossible de rester. Il fut emporté par le torrent et obligé, avec tous ceux qui l'accompagnaient, pour éviter d'être écrasé ou étouffé, de traverser le pont.

J'avais déjà réuni cinq hommes du régiment, dont trois avaient perdu leurs armes dans la bagarre. Je leur avais fait faire du feu. J'avais toujours les yeux fixés sur le pont; j'en vis sortir un homme enveloppé d'un manteau blanc: poussé par ceux qui le suivaient, il alla tomber sur un cheval abattu, sur la gauche du pont. Il se releva avec beaucoup de peine, fit encore quelques pas, tomba de nouveau, se releva de même, pour venir ensuite retomber près de notre feu. Il resta un instant dans cette position; pensant qu'il était mort, nous allions le mettre à l'écart et prendre son manteau, mais il leva la tête en me regardant. Alors, il se mit sur les genoux, il me reconnut. C'était l'armurier[8] du régiment; il se mit à se lamenter en me disant: « Ah! mon sergent! quel malheur! J'ai tout perdu, chevaux, voitures, lingots, fourrures! Il me restait encore un mulet que j'avais amené d'Espagne[9]. Je viens d'être obligé de l'abandonner. Il était encore chargé de mes lingots et de mes fourrures! J'ai passé le pont sans toucher les planches, car j'ai été porté, mais j'ai manqué de mourir! » Je lui dis qu'il était encore très heureux et qu'il devait remercier la Providence s'il arrivait en France pauvre, mais avec la vie.

Le nombre d'hommes qui arrivaient autour de notre feu nous força de l'abandonner et d'en recommencer un

7. Se faire.
8. Soldat qui s'occupe de l'entretien des armes.
9. Napoléon mena campagne en Espagne de 1808 à 1813.

autre, quelques pas en arrière. Le désordre allait toujours croissant[1], mais ce fut bien pis[2], un instant après, lorsque le maréchal Victor fut attaqué par les Russes et que les boulets et les obus commençaient à tomber dans la foule. Pour comble de malheur, la neige recommença avec force, accompagnée d'un vent froid. Le désordre continua toute la journée et toute la nuit et, pendant ce temps, la Bérésina charriait[3], avec les glaçons, les cadavres d'hommes et de chevaux, et des voitures chargées de blessés qui obstruaient le pont et roulaient en bas.

Le désordre devint plus grand encore lorsque, entre huit et neuf heures, le maréchal Victor commença sa retraite. Ce fut sur un mont de cadavres qu'il put, avec sa troupe, traverser le pont. Une arrière-garde faisant partie du 9e corps était encore restée de l'autre côté et ne devait quitter qu'au dernier moment. La nuit du 28 au 29 offrait encore à tous ces malheureux, sur la rive opposée, la possibilité de gagner l'autre bord ; mais, engourdis[4] par le froid, ils restèrent à se chauffer avec les voitures que l'on avait abandonnées et brûlées exprès pour les en faire partir. […]

C'était le 29 novembre. J'allai encore auprès du pont, afin de voir si je rencontrerais des hommes du régiment. Ces malheureux qui n'avaient pas voulu profiter de la nuit pour se sauver venaient, depuis qu'il faisait jour, se jeter en masse sur le pont. Déjà l'on préparait tout ce qu'il fallait pour le brûler. J'en vis plusieurs qui se jetèrent dans la Bérésina, espérant la passer à la nage sur les glaçons, mais aucun ne put aborder[5]. On les voyait dans l'eau jusqu'aux épaules, et là, saisis par le froid, la figure rouge, ils périssaient misérablement. J'aperçus, sur le pont, un cantinier portant un enfant sur sa tête. Sa femme était devant lui, jetant des cris

1. Augmentant.
2. Pire *(forme vieillie)*.
3. Transportait.
4. Paralysés.
5. Arriver à l'autre rive.

de désespoir. Je ne pus en voir davantage; c'était au-dessus de mes forces. Au moment où je me retirais, une voiture, dans laquelle était un officier blessé, tomba en bas du pont avec le cheval qui la conduisait, ainsi que plusieurs hommes qui accompagnaient. Enfin, je me retirai. On mit le feu au pont; c'est alors, dit-on, que des scènes impossibles à peindre se sont passées. Les détails que je viens de raconter ne sont que l'esquisse[6] de l'horrible tableau.

6. Un dessin rapide.

Lexique

Les noms propres dans Adieu

En italique, les noms renvoyant à des lieux ou des personnages imaginaires.

Albon (marquis d')	*Ami de Philippe de Sucy, député du centre à la Chambre, sous la Restauration.*
Auvergne	Région du Massif central (chef-lieu : Clermont-Ferrand).
Bérésina	Rivière de Russie (voir p. 30).
Berthier (maréchal)	Chef d'État-major des armées de Napoléon Ier.
Bons-Hommes	Ancien prieuré des environs de L'Isle-Adam.
Borizof (ou Borissov)	Petite ville sur la Bérésina, dotée d'un pont.
Cassan	Parc et château proches de L'Isle-Adam.
Chauvry	Localité proche de L'Isle-Adam.
Cooper (James Fenimore)	Écrivain américain (1789-1851), auteur de romans qui mettent en scène les Indiens d'Amérique du Nord (voir p. 24).
Cosaques	Régiments de cavalerie « irréguliers », à la solde du tsar.
Dallot	*Amoureux de Geneviève.*
Éblé (général)	Général d'Empire, il commande les équipages de pont en 1812 (voir p. 30).
Fanjat (docteur)	*Oncle de Stéphanie de Vandières.*
Fleuriot	*Grenadier qui recueille Stéphanie et la soigne en Auvergne.*
Fournier (général)	Général d'Empire, il repousse les Cosaques près de la Bérésina.
Grandville (M. et Mme de)	*Voisins de monsieur d'Albon.*
L'Isle-Adam	Commune du nord de l'Ile-de-France.
Napoléon Ier	Empereur des Français jusqu'en 1814-1815.
Noé	Personnage biblique (voir p. 54).
Ossian	Poète écossais sans doute mythique (voir p. 26).

Peaux Rouges	Dénomination vieillie, plutôt méprisante, donnée par les Européens aux Indiens d'Amérique.
Pologne	Pays d'Europe centrale, plusieurs fois partagé entre les puissances voisines. En 1812, il est allié à Napoléon Ier, qui en a fait le duché de Varsovie.
Russie	Au début du XIXe siècle, empire gouverné par le tsar Alexandre Ier avec pour capitale Saint-Pétersbourg.
Saint-Germain	Saint-Germain-en-Laye, localité proche de Paris.
Satout	*Village dont le nom rappelle celui de Chatou, entre Saint-Germain-en-Laye et Paris.*
Schwarzenberg (prince Frédéric)	Dédicataire d'*Adieu* (voir p. 15).
Sibérie	Région située à l'est de la Russie (voir p. 16).
Strasbourg	Ville de l'est de la France, occupée par les troupes de la coalition dès 1813.
Studzianka	Village à l'ouest de Borizof, proche d'un gué sur la Bérésina.
Sucy (Philippe de)	*Officier de la Grande Armée, amoureux de Stéphanie de Vandières.*
Thébaïde	voir p. 21.
Vandières (comtesse Stéphanie de)	*Héroïne de la nouvelle* Adieu, *devenue folle après le passage de la Bérésina.*
Victor (maréchal, duc de Bellune)	Maréchal d'Empire en 1807, duc de Bellune en 1808, il a joué un rôle essentiel dans le sauvetage des survivants de la Grande Armée.
Wittgenstein	Un des commandants en chef de l'armée russe en 1812.
Zembin	Petite ville proche de la Bérésina.

À lire / à voir

À lire

Sur la campagne de Russie

• Extraits des *Mémoires du sergent Bourgogne*, préface de Gilles Lapouge, © Arléa, 1992 [autre titre : *Journal de route du sergent Bourgogne*]. Le texte intégral est lisible sur Gallica http://gallica.bnf.fr/ark:/12148/bpt6k292243.
• Victor Hugo, « L'Expiation », partie V, poème XIII du recueil *Les Châtiments* (1852). Victor Hugo évoque le destin épique de Napoléon Ier pour l'opposer à celui de Napoléon III, « le petit ». Le début de « L'Expiation » raconte la retraite de Russie et commence par les mots « Il neigeait ».
• Patrick Rambaud, *Il neigeait*, © Grasset et Fasquelle, 2000. Le romancier raconte les destins contrastés de quelques personnages pris dans la tourmente de la retraite de Russie. Lisez le premier chapitre sur : http://www.grasset.fr/chapitres/ch_rambaud.htm

Une autre nouvelle de Balzac

El Verdugo, 1830
Pendant la guerre menée par Napoléon en Espagne (1808-1813), un jeune homme se voit proposer d'exécuter toute sa famille en échange de sa propre vie.

Des romans de Balzac

Le Colonel Chabert, 1832
D'abord intitulé *La Transaction*, ce court roman raconte le retour à Paris en 1817 d'un colonel de l'armée de Napoléon déclaré mort à la bataille d'Eylau en 1807.

À voir

Des adaptations télévisées

***Adieu*, adaptation télévisée de Pierre Badel,** 1982
Le rôle de Stéphanie est tenu par Ludmila Mikaël, celui de Philippe par Jean-Claude Drouot. On peut voir le reste de la distribution (avec d'intéressantes différences avec la nouvelle), ainsi que des images sur le site : http://php88.free.fr/bdff/image_film.php?ID=8404

Des films

***Guerre et paix*, King Vidor,** 1956
Le film est une adaptation du roman de l'écrivain Tolstoï (publié en 1865-1869) ; il présente la campagne de Russie vue du côté russe.

***Le Colonel Chabert*, Yves Angelo,** 1994
Avec Gérard Depardieu dans le rôle de Chabert, Fanny Ardant et Fabrice Luchini. Le film est une adaptation fidèle du roman de Balzac.

***Napoléon*, d'Yves Simoneau,** 2002
Mini-série historique pour la télévision, en quatre épisodes qui retracent le parcours de Napoléon Bonaparte, dont la campagne de Russie. Avec Christian Clavier, Isabella Rossellini, Gérard Depardieu, John Malkovich.

Notes personnelles

Ces pages sont les vôtres :
vous pourrez y noter :
vos citations préférées
de *Adieu*, ce que vous
pensez de tel ou tel personnage,
le passage de l'œuvre qui vous
a marqué, ce qui vous a surpris,
plu, mais aussi déplu...

À vos plumes !

TABLE DES ILLUSTRATIONS

Couverture : J. Suchodolsky, *Passage de la Bérésina, 1812*, huile sur toile (vers 1859), 52 x 77 cm, Poznan, Musée National, © akg-images.
p. 4 : © Roger-Viollet © musée de la Vie Romantique.
p. 5 : Eugène Louis Lami (1800-1890), *Notre-Dame de Paris dans un salon bourgeois* (détail), gravure, BnF, Paris, BIS/Ph. Coll. © Archives Larbor.
p. 6 : BIS/Ph. Jeanbor © Archives Larbor.
p. 10 : haut et bas : BIS/Ph. Coll. © Archives Larbor.
p. 11 : haut : BIS/Ph. Coll. © Archives Larbor ; bas : BIS/Ph. Coll. © Archives Larbor.
p. 12 : © RMN/André Martin.
p. 13 : Job (Jacques-Marie Gaston Onfray et Breville), *Scène de l'Histoire de France en jouets : épisode de la retraite de Russie*, 1812, illustration, 1908, coll. part., © Lee/Leemage.
p. 14 : BIS/Ph. Coll. © Archives Larbor.
p. 86 : BIS/Ph. Coll. © Archives Larbor.
p. 87 : Tony Robert-Fleury (1837-1911), *Le Dr Pinel délivrant les aliénés à la Salpêtrière en 1795* (détail), huile sur toile, © RMN/agence Bulloz.
p. 92 : © AKG-images.
p. 93-94 : H.-F.-E. Philippoteaux (1815-1884), *Jean Andoche Junot en uniforme de sergent de grandiers au 2e bataillon de la Côte d'Or en 1792*, huile sur toile, 72 x 52 cm, châteaux de Versailles et de Trianon. © RMN (Château de Versailles)/G. Blot/J. Schormans.

p. I : © Gusman/Leemage.
p. II : © RMN/Philipp Bernard.
p. III : BIS/Ph. H. Josse Coll. © Archives Larbor.
p. IV : AKG-images.

Conception graphique : Julie Lannes
Design de couverture : Denis Hoch
Recherche iconographique : Gaëlle Mary
Mise en page : ScienTech Livre
Édition : Valérie Antoni

N° d'éditeur : 10181986 - Dépôt légal : juillet 2012
Imprimé en France par I.M.E. - 25110 Baume-les-Dames

COLLÈGE

65. **Bédier**, *Le Roman de Tristan et Iseut*
74. **Chrétien de Troyes**, *Yvain ou le Chevalier au lion*
51. **Courteline**, *Le gendarme est sans pitié*
38. **Dumas**, *Les Frères corses*
71. **Feydeau**, *Un fil à la patte*
67. **Gautier**, *La Morte amoureuse*
1. **Homère**, *L'Odyssée*
29. **Hugo**, *Le Dernier Jour d'un condamné*
2. **La Fontaine**, *Le Loup dans les Fables*
3. **Leprince de Beaumont**, *La Belle et la Bête*
10. **Maupassant**, *Boule de suif*
26. **Maupassant**, *La Folie dans les nouvelles fantastiques*
43. **Maupassant**, 4 nouvelles normandes (*anthologie*)
62. **Mérimée**, *Carmen*
11. **Mérimée**, *La Vénus d'Ille*
68. **Molière**, *George Dandin*
7. **Molière**, *L'Avare*
23. **Molière**, *Le Bourgeois gentilhomme*
58. **Molière**, *Le Malade imaginaire*
70. **Molière**, *Le Médecin malgré lui*
52. **Molière**, *Le Sicilien*
36. **Molière**, *Les Fourberies de Scapin*
28. **Musset**, *Il ne faut jurer de rien*
6. **Nicodème**, *Wiggins et le perroquet muet*
21. **Noguès**, *Le Faucon déniché*
59. **Perrault**, 3 contes (anthologie)
8. **Pouchkine**, *La Dame de pique*
12. **Radiguet**, *Le Diable au corps*
39. **Rostand**, *Cyrano de Bergerac*
24. **Simenon**, *L'Affaire Saint-Fiacre*
9. **Stevenson**, *Le Cas étrange du Dr Jekyll et de M. Hyde*
54. **Tolstoï**, *Enfance*
61. **Verne**, *Un hivernage dans les glaces*
25. **Voltaire**, *Le Monde comme il va*
53. **Zola**, *Nantas*
42. **Zweig**, *Le Joueur d'échecs*
4. *La Farce du cuvier* (anonyme)
37. *Le Roman de Renart* (anonyme)
5. Quatre fabliaux du Moyen Âge (*anthologie*)
41. Les textes fondateurs (*anthologie*)
22. 3 contes sur la curiosité (*anthologie*)
40. 3 meurtres en chambre close (*anthologie*)
44. 4 contes de sorcières (*anthologie*)
27. 4 nouvelles réalistes sur l'argent (*anthologie*)
64. *Ali Baba et les 40 voleurs*

LYCÉE

33. **Balzac**, *Gobseck*
60. **Balzac**, *L'Auberge rouge*
47. **Balzac**, *La Duchesse de Langeais*
18. **Balzac**, *Le Chef-d'œuvre inconnu*
72. **Balzac**, *Pierre Grassou*
34. **Barbey d'Aurevilly**, *Le Bonheur dans le crime*
32. **Beaumarchais**, *Le Mariage de Figaro*
20. **Corneille**, *Le Cid*
56. **Flaubert**, *Un cœur simple*
49. **Hugo**, *Ruy Blas*
57. **Marivaux**, *Les Acteurs de bonne foi*
48. **Marivaux**, *L'Île des esclaves*
19. **Maupassant**, *La Maison Tellier*
69. **Maupassant**, *Une partie de campagne*
55. **Molière**, *Amphitryon*
15. **Molière**, *Dom Juan*
35. **Molière**, *Le Tartuffe*
63. **Musset**, *Les Caprices de Marianne*
14. **Musset**, *On ne badine pas avec l'amour*
46. **Racine**, *Andromaque*
66. **Racine**, *Britannicus*
30. **Racine**, *Phèdre*
13. **Rimbaud**, *Illuminations*
50. **Verlaine**, *Fêtes galantes*, *Romances sans paroles*
45. **Voltaire**, *Candide*
17. **Voltaire**, *Micromégas*
31. *L'Encyclopédie* (anthologie)
17. *L'Homme en débat au* XVIIIe siècle (*anthologie*)
16. Traits et portraits du XVIIe siècle (*anthologie*)